鑑定や亜空間倉庫がチートと言われてるけど、それだけで異世界は生きていけるのか 2

ALPHA LIGHT

はがき

Hagaki

アルファライト文庫

登場人物紹介
CHARACTER
モーラ
元『桜花乱舞』のメンバー。人族と巨人族のハーフ。
ヨシト＝サカザキ
本編の主人公。ある日突然、目が覚《さ》めたら異世界にいた。ややスケベ。
メイ
元『桜花乱舞』のメンバー。エルフで元シスター。

シスターテレサ
王都の聖女神教会にいるシスター。勇者のことに詳《くわ》しい。
ドラゴン
迷宮都市に突如《とつじょ》姿を現した魔物。圧倒的な強さを誇《ほこ》る。
シマ
魔獣《まじゅう》ホワイトフェンリル。なぜかヨシトとアリサに懐《なつ》いている。
アリサ
元『桜花乱舞』のメンバー。前世はヨシトの幼《おさな》馴染《なじみ》だった。
メリッサ
犬人族のポーター。ヨシトとパーティーを組む。

目次

第一章　ヨシト、金を稼《かせ》ぐ

俺――ヨシト＝サカザキは、ある日目が覚《さ》めたら異世界にいた。これは、お約束のチート能力も貰《もら》っているはず……とステータスを確認したが、俺が持っていたのは『鑑定《かんてい》』と『亜空間倉庫』の二つ。どう考えても戦闘向きじゃないので、俺は冒険者を諦《あきら》め、その荷物持ちのポーターとして生きていくことにした。

しかし、同じポーターで犬人族の少女メリッサと行動をともにするうちに、この二つのスキルに別の使い方があることに気づいた。『鑑定』で仲間の潜在《せんざい》能力を開花させられ、『亜空間倉庫』は無生物しか入れられない特性を利用して生物を両断できるのだ。

こうなったら、俺の生き方も変わる。

おまけに、迷宮で命を助けたのが縁《えん》で、金級冒険者――アリサ、メイ、モーラの三人が俺のパーティーに加わり、改めてパーティー『四姫桜《しきざくら》』を結成する。元々強かった三人は、俺が能力を覚醒《かくせい》させたせいで、もはや手がつけられない。しかも、アリサの前世は、俺の幼馴染《おさななじみ》だった。

あ、あとホワイトフェンリルのシマが勝手に俺に懐《なつ》いてきたので仕方なく仲間にした。すごく強い魔物らしいが、ほとんど戦おうとしない。何を考えているのかさっぱりわからないやつだ。

色々とてんこ盛《も》りだが、まず俺たちはメリッサの借金返済のために、金を貯《た》めることにした。そんな方針が決まった矢先——俺の能力に目をつけたミッシェル子爵《ししゃく》の命《めい》を受けた元冒険者のジークに誘拐《ゆうかい》されてしまった。しかし、それを他の面々が黙《だま》っているはずがない。結果は……まあ、ひどいものだった。


拉致《らち》された俺が救出されて既《すで》に三日が経《た》っている。

今回の件、腑《ふ》に落ちない点がある。

ジークは死亡、子爵は正気《しょうき》を失い、子爵の私兵はほぼ全滅《ぜんめつ》、子爵の屋敷は更地《さらち》になってしまっているのに、俺たち四姫桜はお咎《とが》めなしだった。

それどころか、ミッシェル子爵の屋敷の崩壊《ほうかい》は魔物による襲撃《しゅうげき》が原因とされ、拉致《らち》事件など最初から存在しなかったことになっている。

ありえない。

目撃者がゼロになるほど、関係者を執拗《しつよう》に追いかけて殺したわけでもないし、屋敷を更地にしたのは、アリサの火炎旋風だ。魔物の襲撃では、ああはならない。

だが、冒険者ギルドでも、子爵領の村でも、正気を失った子爵本人を預《あず》けた村人にさえ『何のことですか？』と言われてしまえば、それ以上の追及《ついきゅう》のしようがなかった。

ただ、徹底的《てっていてき》に追及すれば、こちらは貴族をぶちのめした罪人になってしまう。絶対に誰かしらの思惑《おもわく》があるのはわかっているが、それを暴《あば》いてもこちらは損《そん》しかないので、俺たちは乗っかることにした。

とりあえず、気を取り直してギルドの依頼でも受けようと思い、冒険者ギルドへ全員で向かう。

まあ、それはいいのだが……

「おい、お前ら。なあ……」

「何よ、お兄ちゃん」

「……近ぇよ」

普通に道を歩くだけなのに、今、口を開いたアリサだけでなく、メイ、メリッサ、モーラ——みんなが手の届く距離《きょり》で寄り添《そ》い、俺を護衛《ごえい》している。

飯や寝るときはもちろん、風呂《ふろ》やトイレでさえ、入口で門番のように立ち塞《ふさ》がっている。

メイやアリサなんかは、風呂やトイレまで一緒に入ってこようとしたが、さすがにそれだけはダメだと押し出した。

「わかってる、わかってるけどよ……」

呆《あき》れたような目つきでアリサを見ると、俺の前を歩くメリッサが首だけ振り返って俺を睨《にら》む。

「わかってるなら黙ってなさいよ。ほんと、危《あぶ》なっかしくて仕方ないわ」

「いやいや、大げさすぎんだろ」

「大げさなもんか。巨人族の女はね、一度決めたら死んでも守り抜くものさ」

「お前、ハーフだろうが……」

俺の右を警戒《けいかい》しながら歩くモーラが、チラリと目線だけ向けてきて、また言葉を繋《つな》げる。

「半血でも、あたしは巨人族の血を引いていることを誇《ほこ》りに思っている。いや、ヨシトと出会ったからかね、巨人族の血が騒《さわ》ぐのさ、番《つがい》を守れとね」

と、ドヤ顔のモーラ。

「番《つがい》ってお前、いつからそうなったよ」

モーラは目を見開いたが、すぐに笑顔になり、俺の肩を抱《だ》くように組んできた。

「あたしの初めてを捧《ささ》げたんだ、番《つがい》だろ?」

「ほっぺにキスだけだろ」

「なんであろうとさ。それに、あたしがそう決意しただけ、ヨシトには迷惑《めいわく》かけないよ」

「あのな……」

するとメイが、俺の肩を抱いているモーラの手をピシャリと叩《たた》き、そのまま腕を俺から振りほどいた。

「いつまで気安く触《さわ》ってるのですか。いい加減にしなさい」

俺は左隣《ひだりどなり》を歩くメイを見る。目が合うと、メイは聖母のように優《やさ》しく微笑《ほほえ》んでみせる。

「…………」

（こいつには何を言っても無駄《むだ》だな……。ユウシャサマーだもんな。下手《へた》に突《つ》っ込《こ》んで、また狂気《きょうき》を見せられても困るしな……）

俺の後ろに視線をやれば、アリサがトコトコついてきていて、その隣《となり》を成犬サイズのシマが並走《へいそう》している。

シマはどことなく呆《あき》れてるような顔で俺を見ている。

「……シマ、言っとくが俺のせいじゃねえよ……」

シマは首を傾《かし》げ、下から見上げるように、まるで「全部ひっくるめてお前のせいだ」と言わんばかりの顔をすると、プイとそっぽを向いてしまった。

「勘弁《かんべん》してくれよ……」

◇

「はい、四姫桜さんとして、討伐《とうばつ》依頼を受注されています。納期はあと七日ですね」

「は？」

ギルド職員のお姉さんが、そんなことを言っている。俺がミッシェル子爵の牢《ろう》に入ってる間に、メイがパーティー名を『桜花乱舞《おうからんぶ》』から正式に『四姫桜』に変えていた。あわせてそこに俺とメリッサを入れ、ついでに俺をリーダーとして登録しなおしたようだ。

メイとモーラが勝手に話を始める。

「アースリザードが、北門から馬で二日ほどの位置に現れたそうです」

「あの森から出てきたんだね。討伐報酬《ほうしゅう》は？」

「白金貨二枚ですね。アースリザードの素材は買い取り時に査定《さてい》だそうです」

「まあ、そんなもんだろうね」

どうやら俺が攫《さら》われてる間に依頼を受けていたようだ。

そういえばそうだった。俺は、メリッサたちに買い出しや依頼のチェックを頼《たの》み、一人でぶらついているときに攫《さら》われたんだった。そのときに受けたってことか。

しかし、はじめての白金貨の依頼だ。

「さすが金級の冒険者。依頼の報酬が破格《はかく》だな」

そこへモーラが、俺に注意を促《うなが》す。

「アースリザードは竜種《りゅうしゅ》だよ。強さももちろんだが、硬《かた》いんだ。それに大きい」

「危ないか？」

「もし桜花乱舞だったら受けないね。一体でもギリギリだよ。万が一、二体いたら絶対に倒せない。それに、アースリザードを運《はこ》べるポーターを雇《やと》うのも金がかかる。依頼失敗は違約金《いやくきん》がかかるからね。リスクとリターンが見合ってないよ」

「なるほど」

メイは、申し訳なさそうにうつむいた。

「ヨシト様、受けてしまったのですが、よろしいでしょうか？」

「メイは、四姫桜ならいけると思ったから受けたんだろ？　モーラ、いけるよな？」

「任《まか》せな。あたしの力の見せどころだよ」

アリサもずいっと前に出てきた。

「私に任せなさいっ！　お兄ちゃんはぼーっと見ててくれればいいわ！」

「そっか」

俺はギルドのお姉さんに向き直る。

「よし、じゃあそれをこなそう。いいかな?」

「もちろんです。あと七日しかありませんので、お急ぎになった方がいいかと」

「わかった。行くぞ、みんな」

◇

ギルドから宿屋に戻り、軽くミーティングする。そしてメリッサから大量の物資を受け取り、亜空間倉庫に収納した。

アースリザード討伐へは、明日出発することにした。

「物資はそれで全部よ。頼まれたものと必要なものは全部あるわ」

「ありがとう。そういえば、メイはどんな弓を買ったんだ?」

「これです」

メイは木製の大きな弓をテーブルに置いた。

「エルダートレントの弓です。大金貨三枚でした」

「それは安いのか？」

「はい。弓を引く力を軽減《けいげん》する効果がついてますが、かなり古いもので、売れ残りだそうです。特別に安くしてもらいました」

だが、メリッサが真実を教えてくれる。

「違うわ、エロ爺《じじい》だったのよ」

「ああ、なるほど」

それならば理解できる。俺だって、いい女には割引ぐらいしたくなる。

「それと、メイがどうしてもと言うから、部屋を五つ取ってるわ。このヨシトの部屋が一番大きくて、一人一部屋よ」

「……んまあ、いいんだけど、どうしてだ？」

メイが俺をまっすぐ見る。

「必要だからです」

「ん？」

「必要だからです」

「……いや、なんで必要なんだよ」

メイの有無を言わさぬ雰囲気《ふんいき》に、俺はたじろいだ。

するとアリサが腰に手を当てて、胸を張りながら言う。

「当たり前でしょ？　お兄ちゃんがまた攫《さら》われないようによ」

「は？」

なぜ一人一部屋にすることが、誘拐《ゆうかい》対策になるのか。

メリッサも補足《ほそく》してくる。

「今日から一人ずつ順番に、ヨシトの部屋に護衛として泊まるわ」

「っ！　はあ⁉」

「またフラフラとどこかに出歩かせないための見張りよ。それに、ここが直接襲撃されてもいいように、つきっきりの護衛も必要よ」

「必要じゃねえから！」

こいつら、とんでもないことを言い出した。そんなことされたら自家発電もままならない。つうか、エロゲ並みのイベントフラグだ。

メイはきっぱりと言い切る。

「必要です。私たちはヨシト様を失うわけにはいきません」

「そ、そうだとしてもよ。男と女が密室に二人きりなんだぞ？　余計危ねえ――」

俺は途中で言葉が止まってしまった。メイの表情は「どうぞどうぞ。むしろそれを待ってます」と言わんばかりだ。ダメだこいつは。常識が通用しない。

「………」

モーラを見る。

モーラは少し顔を赤らめる。

「あた、あたしだって覚悟はできてるさ！　それに、絶対にヨシトは守る！」

メリッサは不敵《ふてき》な笑《え》みを浮かべた。

「やれるもんならやってみなさいよ」

「………」

途端《とたん》、あの発勁《はっけい》の衝撃《しょうげき》がトラウマのように蘇《よみがえ》り、胃がキューッとなる。

無理だ……子爵の牢《ろう》にいるときより恐ろしい。

アリサもニンマリと笑みを浮かべている。

「あー、お前はないから」

アリサは目を大きく見開いた。

「っ！　なんでよ！　不公平だわっ！」

「お前は妹だから」

「妹じゃないわ！　妹枠《わく》なだけじゃない！」

アリサも別にやる気マンマンだったわけではないだろう。だが、お前はないと言われたら、腹が立つものだ。

「同室護衛が回避《かいひ》できないなら、今日はアリサと寝ようかな」

アリサなら安心だ。俺がニヤニヤしながら指名すると——

「アッタマきた‼　覚悟しなさいよ、お兄ちゃん！」

その日の夜は、二人きりになって真《ま》っ赤《か》に頬《ほお》を染《そ》めるアリサをからかい、昔に戻った兄妹のように話に花を咲《さ》かせながら寝た。

◇

「なんで俺は一人で飯食ってんだ……？」

昨日はアリサが横にいたはずなのに、目が覚めたら一人だった。

そして今、泊まっている銀の鐘《かね》亭の食堂で朝飯を食べているんだが、女四人は一つのテーブルにかたまり、頭をテーブルの中央に寄せあって、ヒソヒソとなにやら話している。

俺を仲間外《はず》れにして……

聞き耳を立ててみると――

「――察し悪ヘタレクズ勇者――」

「――僧なの？　――」

「なら私が――」

「――順番は守――」

「あんたは最後――」

「――解放順？」

「やはり宿は面倒――」

「早く拠点《きょてん》を――」

「――今日は無理では――」

「本気でヘタレ――」

いきなりギロッと四人が俺を睨《にら》んでくる。

「「「「ギルティ」」」」

全員が俺を見て声を合わせた。

「なんでだよ‼」

女たちはそれに反応せず、またヒソヒソ話にもどった。

（誰がヘタレクズ勇者だよ！　大体、ところ構わず手を出してるならギルティもわかる。出してないのにギルティって、そんなパターンあるの⁉　こうなったら、全員を……いや無理。アリサとそういう関係になるなんて、想像できん）

するると、銀の鐘亭の受付カウンターにいる猫耳女性が、俺のところにやって来た。料理を持っている。当たり前だ、ウェイトレスもしているのだから。

「五部屋借りられるとのことでしたから、周りに配慮《はいりょ》して皆様の部屋を固めました」

「あ、ああ。ありがとうございます」

「できるだけ、一番奥の部屋でなさってください」

「なさらねぇよ……」

そもそも、日本の常識で育ってきた俺が、ラノベのハーレムのように全員に手を出すなんてのは無理がある。いや、エロいことに興味はある、つうか大好きだ。だが、向こうがその気とかそういう問題ではなく、やはり自分の心構え的に無理があるのだ。

でも、仮に誰か一人だけを彼女になんかしたら、そちらの方が問題になりそうだ。

さらに、交替で護衛という名の同衾《どうきん》をされては、自分で慰《なぐさ》めることもできない。八方塞《はっぽうふさ》がりだ。

（もう面倒くせえ……。つうか、この猫耳女性もスタイルいいよな。……なんなら、あいつらとはしないで、この人とかなら?)

なんて、都合のよすぎる妄想《もうそう》をしていると、何やら視線が刺さる気がした。

ふと、メリッサたちの方を向くと――

「「「ギルティ」」」

「てめえら、それが言いたいだけだろ‼」

◇

朝飯も食べ終わり、いよいよアースリザードの討伐に出発する。期日があと六日しかないので、あまりゆっくりしてられない。

メリッサが昨日馬車の手配をしてくれたようで、俺たちは待っていた馬車に乗り込み、まずはこれから討伐に向かう旨《むね》を伝えるために、ギルドに向かう。

「メリッサ、よく気がついたな。ありがとうな」

「一応ポーターだしね、準備は仕事のうちよ。……今のところはね」

「今のところって、ずっとポーターでいいだろ」

メリッサはフンと鼻を鳴らした。

「うちは、ヨシトっていう世界最高のポーターがいるわ。正直《しょうじき》ポーターは二人も要《い》らないのはわかってる。それに、冒険者になるのは私の夢だったの。ギルドの登録を変えて冒険者ランクを上げたいとは思わないけど、せめてみんなと同じように戦えるようにならないと」

「いや、あいつらはおかしいから。同じようになる必要はないぞ」

だが、メリッサは目を瞑《つむ》り、ゆっくりと首を横に振る。

「私の目的をパーティーの目的として動いてくれるのよ？　ただでさえ申し訳ない気持ちで一杯なのに、のほほんとしてはいられないわ」

メリッサはさらに目力を強める。

「それに私は獣人。個の強さに対する憧《あこが》れは強い方なの。いい機会だし、本気で強くなるわ！　狼の血にかけてもね！」

いやお前は犬だから……と突っ込みたかったが、やる気になってるメリッサに水を差すのもかわいそうなのでスルーした。

ギルドに着き、俺を先頭にしてカウンターに向かう。

前に対応してくれた女性は誰だっけな？　まあいいか、おっさんのいる空《あ》いてるカウンターに行く。

おっさんに、今からアースリザード討伐に出ると報告すると――

「……本当に、桜花乱舞を解体するのか？」

おっさんは、俺の後ろに立つモーラに向かって話しかける。

「本当だよ。あたしらは、ポーターのヨシトのパーティーに入る」

「………」

実は、個人の冒険者に対してのランクの他に、パーティーとしてのランクもあるそうだ。既存のパーティーを解散したら、ランクは鉄級からやり直しらしい。だが今回、桜花乱舞がそのまますっぽり新パーティーに移動するので、新パーティーのランクも金級からでいいと言われた。

なぜパーティーの登録が必要かというと、パーティーを直接指名できる特別依頼なんてものがあるからだそうだ。あと、登録することによって、メンバーがしょっちゅう入れ替わることを防ぐためでもあるらしい。

常に同じメンバーで動いた方が当然連携《れんけい》が取りやすく、連携が取りやすければ死ぬ確率も下がる。冒険者が減《へ》りすぎることを防ぐ処置の一つだとか。

おっさんはまだ俺たちをしげしげと見ている。何か言いたそうだ。

「なんだ？　四姫桜を組んだことに対してなんかあるのか？」

おっさんは、ハッとした顔をした。

「いや、そうじゃない」

「ならなんだよ」

おっさんは神妙《しんみょう》な顔つきをする。

「桜花乱舞の実力は知っている。アースリザードが一匹なら問題ないだろう。お前らは人数が増えたからいけると踏《ふ》んでるんだろうが……その、なんだ。ポーター二人増えただけで……大丈夫なのか？」

どうやら、俺たちと桜花乱舞で四姫桜を結成したことに何かあるのではなく、アースリザード討伐のことを心配していたようだ。

確かに、モーラも桜花乱舞だけでは複数匹はキツイと言っていた。それに、ギルドはモーラたちが強くなったことも知らないし、俺の亜空間倉庫のことも知らない。荷物持ち二人増えたくらいでは厳《きび》しいと心配したのだ。

「なんとかやってみる。まあ、ダメならそんときは違約金を払うよ。無理はしない」

そう俺が言ったのだが、おっさんの表情はまだ晴れない。

「そうか。だが四姫桜のメイからは、他の誰にも受けさせないように、違約金は十倍払うと言われてるから、そうしているぞ？」

「はい?」

俺はメイを見る。

「他の冒険者に依頼を取られるわけにはいきませんので」

「………」

一体こいつの自信はどこからくるのか。

確かに強くはなった。

モーラもメイも、俺の鑑定で新しい魔法を覚え、ステータスも少し上がっていた。アリサに至《いた》っては、下手したら最強なんじゃないかと思えるくらいの魔導師になった。

だからって十倍の違約金はないだろう。討伐できると踏んでいるが、未来は予測不能なのだから。

「お前な……」

すると、アリサが俺の背中をポンポンと叩《たた》いた。

「平気よ、お兄ちゃん。まあ、私にまっかせなさい!」

「………」

アースリザードってくらいだ、しょせんトカゲ。みんな強くなってはいるし、大丈夫だろう。

このセリフが嫌なフラグを立てている気もするが、もう決定してしまっていることなので、一抹《いちまつ》の不安を残しつつも、俺たちは討伐に出発した。

◇

今回、メリッサが手配した馬車は、御者《ぎょしゃ》付きで往復《おうふく》金貨二枚。

安いような高いような微妙《びみょう》な金額だ。

金貨一枚で銀の鐘亭に約一ヶ月宿泊できると思うと高く感じるし、危険のある行程四～五日の往復で金貨二枚と言われると、割りにあわないという気持ちもある。

だが、馬車を持たない俺たちにとって、馬車込みでこの価格なら悪くないだろう。シマに乗れると言っても、シマはなぜか俺かアリサしか乗せたがらない。そのシマは馬車と並走していた。護衛のつもりなのだろうか。

やがて日が暮《く》れてきたので、今日はアースリザード出現地点と街との中間点、街道沿《かいどうぞ》いの開けた草原に夜営《やえい》することになった。

俺たちは三～四人用の三角テントを二つ張り、夜営の準備をする。まだベッドが一つしかなく、片方のテントの中にそいつを配置する。

御者は馬車で寝るらしいが、見張りと食料は御者の分も俺たち持ちだ。

「お兄ちゃん、私に任せて！　……クリエイト・ウォール！」

かまどを作ろうとしたのだが、アリサが作り出したのは高さ十メートル、長さが五十メートルくらいの壁《かべ》だった。

「「「………」」」

「本当に壁を作ってどうすんだよ……」

「ちょっと失敗！　クリエイト・ウォール」

同じ魔法を唱《とな》えて壁を元に戻すと、今度はゆっくりと魔力を調節して――

「クリエイト・ウォール」

U字型のかまどができ上がった。

「どうよ？　やればできるのよ！」

「いや、実際すごいよ、アリサ。あんた、本当に魔導師になったんだね」

モーラが普通に褒《ほ》めると、アリサは逆に顔を真っ赤にして照《て》れた。

「なんか、モーラに褒《ほ》められ慣れてないというか……」

料理は俺がした。だが、まだ調味料も米もないので、肉を焼いたり、野菜を煮《に》てスープにするだけだ。

「あっ、パンがないな」

「買ってあるわ、ヨシト」

　メリッサが買っておいてくれていた。メリッサの亜空間倉庫から、俺の亜空間倉庫に移し変える。俺の亜空間倉庫なら腐《くさ》らないからだ。

「準備ありがとうな」

「準備はポーターの仕事のうちよ」

「ずっとポーターでいいんだぞ？」

「絶対アリサたちに並んでやるわ！」

　飯を食べ終わり、新しく買い直した空《から》の樽《たる》を置き、その中に一人ずつ入って、身体《からだ》を洗う。水はメイの魔法で出したものだ。メイの魔法の水は、飲むこともできるが、温度を少し高くすることができたので風呂に活用した。といっても、三十〜三十五度の間くらいだが。それでも冷水よりは良い。

　女たちの風呂が終わり、俺が風呂に入ろうとすると、シマが耳をピクリとさせて森の方を見た。

「ヨシト、なにか来る」

　それを見たメリッサも、同様に森へ意識を向けた。

「魔物か？」

「種類まではわからないけど、そうよ。……多分五……来る！」

全員臨戦《りんせん》態勢に入る。

「ひ、ひい！　オーガだ！　なんでこんなところに！」

御者はもう終わりだと言わんばかりに叫《さけ》んだ。

「ヨシト！　オーガは強いよ！」

「お兄ちゃん、私が焼くわ！」

「とりあえずモーラ！　引きつけろ！」

「わかった、タウント・ロア！」

ウオオオオオオ！

その間に、俺はオーガを鑑定する。

【オーガ】
金級魔鬼
多くの上位種がいる

（でけえ。まるで巨人だな。あれに殴《なぐ》られたら即死だろ。つか、下位のオーガでさえ金級⁉　それが五体もか！）

近づいてきたオーガは、モーラのスキルにより、全員が彼女に向かっていく。

だが、モーラにたどり着く前に、メイとアリサがオーガの数を減らしていく。

「フランベルジュ！」

「死になさい！」

アリサが魔法を唱えると、斬馬刀《ざんばとう》のようにデカイ炎の剣が作られ、オーガに向かって弾丸のような速度で飛んでいく。炎の剣が腹に突き刺さると、オーガは松明《たいまつ》のように燃え上がった。

メイが弓で矢をシュッシュッと二連射すると、一本は目に、もう一本は額《ひたい》に刺さり、オーガが一体絶命《ぜつめい》した。

（メイの弓、いいな。ただ二発射《う》っただけで、金級魔物を殺せるのはすごい。やっぱあいつらは強い……瞬殺《しゅんさつ》だもんな）

「ウィンドスラッシュ！」

モーラが剣をブンと振ると、剣から風の刃が飛んでいき、オーガの腕を切り落とした。

「レッグウィンド！」

そして、彼女は足に風を纏《まと》い、オーガに突撃していく。アリサも短剣を取り出し、オーガの背後に回り斬《き》りつける。メイも魔法を使わずに、モーラとアリサの位置を確認しながら、弓を放っている。

俺は見ているだけだ。

(連携も抜群《ばつぐん》だな。力が強くなっても敵を侮《あなど》っていない。さすが金級冒険者。しかし、こいつ……)

俺はたまらず足元にいるやつに話しかける。

「おい、シマ。お前、護衛みたいに馬車に並走してたくせに、オーガと戦わないの?」

俺がシマをジト目で睨《にら》むと、シマは口を少し開き、首を傾げて見返してくる。まるで「このくらいは自分らでやりなさいよ」とでも言わんばかりだ。

「……てめえ……一体なんのために、俺についてきたんだよ……」

シマはプイとそっぽを向いて、その場で伏《ふ》せて寝はじめた。

「……無駄飯食らいの駄犬《だけん》が……」

ふと、メリッサが戦ってないことに気づいた。

「…………」

連携に入れないのか、オーガの強さに怯《ひる》んだのか、戦いに加われないようだ。

愛用の金属の籠手《こて》を装備《そうび》してはいるが、まごまごしている。無理もない、モーラたちといると感覚が麻痺《まひ》してくるが、俺とメリッサはまだ駆《か》け出しのポーターなのだ。

「メリッサ、あいつらは化け物だからよ。俺たちはポーターだ。気にするな」

俺は慰めたつもりだったが、メリッサにキッと睨《にら》まれてしまった。……泣いてるのか？

すると、ふっとメリッサが背後を振り返る。

「あれは私がやる‼」

「おい、メリッサ！」

俺の肉眼でも見えた、さらに一回り大きなオーガだ。しかも、剣を持っている。

【オーガリーダー】
金級魔鬼
上位種

「メリッサ！　それは上位種だ！」

「私がやるのよ！」

オーガリーダーは右手に持った剣を上段に構えて、迫《せま》るメリッサに振り下ろしてくる。

メリッサはいつものごとく、オーガリーダーの懐《ふところ》に入って発勁を撃とうとするが――

「え？　きゃ！」

すぐにオーガリーダーは攻撃を右手の剣から左の拳に切り替えて、メリッサを殴《なぐ》りつけてきた。

メリッサは威力を殺すように自分から吹っ飛んだが、あれをまともにもらったら本当に一撃で致命傷《ちめいしょう》だ。

「メリッサ！　亜空間――」

「やめて‼」

メリッサは立ち上がり、ファイティングポーズを取る。

「私がやるって言ってるのよ！」

「お前はポーターだ！」

「ヨシトもポーターよ！」

メリッサの視線はオーガリーダーに向いたままだ。

モーラたちもオーガを片付けて、俺の隣にやってきた。

「私にだってやれる！　はあああああ！」

メリッサは腰を落とし、姿勢を低くしてオーガリーダーに突撃する。

速い。間違いなく俺より速い。

「たあああああ！」

メリッサはオーガリーダーの剣をかいくぐり、ジャンプして顔に飛び蹴《げ》りを入れる。オーガリーダーは、蝿《はえ》でも払うかのように右手の剣を振った。メリッサはオーガリーダーの肩を蹴り、バク宙《ちゅう》の要領《ようりょう》でその剣を避《よ》けると、みぞおちに――

「もらった！　はあああああ、発勁！」

メリッサの発勁が、オーガリーダーにクリーンヒットする。

だが、オーガリーダーは左手で腹をさすると、凶悪《きょうあく》な顔をニヤリと歪《ゆが》めた。

「……うそ……」

オーガリーダーが剣を振り上げる。メリッサは微動《びどう》だにしない。

「亜空間倉庫！」

スッ、ガイン！

メリッサとオーガリーダーの間に亜空間倉庫を出すと、振り下ろされた剣は亜空間倉庫に呑《の》み込まれ、オーガリーダーの手が亜空間倉庫に激突《げきとつ》する。

「アイスランス」

メイの手の先に五本の氷の槍《やり》が生成され、オーガリーダー目がけて飛来する。

槍は全《すべ》てオーガリーダーを貫いた。

オーガリーダーは吐血《とけつ》し、後ろにぶっ倒れた。

俺は思わず咎《とが》めるようにメイを見てしまう。すると、モーラが言った。

「メイ子の判断は正しいよ」

「……わかってる」

俺はメリッサに向かって歩き出そうとしたが、アリサに手を掴《つか》まれた。

「アリサ」

アリサは黙って首を横に振る。

放心していたメリッサは、何度か瞬《まばた》きしてから、スッと立ち上がった。

「はは……やっぱ私は弱いわね……知ってたけどさ。だからポーターになったんだし……ちょっと調子に乗っちゃった。ごめんね。……あっ、私、先に寝るね、ベッドは要らないから。申し訳ないんだけど、見張りお願い。それじゃ」

メリッサは走ってテントに入っていった。

「…………」

「ヨシト、今優しい言葉をかけるのは逆効果だ」

モーラに諭《さと》される。

「…………」

「獣人は個の強さに誇りを持ってます」

メイも真面目《まじめ》モードで俺に話しかけてくる。

「……あいつはポーターだぞ？」

「職は関係ありません。子供でもです。いえ、子供の頃から個の強さを追い求め、競《きそ》いあって生きています」

「…………」

アリサが俺の手をキュッと握《にぎ》る。

「メリッサを慰めるのなら、お兄ちゃんが正しいわ。でも、メリッサは強さを求めているの。なら今ここで、お兄ちゃんが行っちゃダメ」

「…………」

モーラは俺の肩に手を置く。

「あたしもアリサに賛成さ。これは自分で処理する問題だよ。誰しも自分の壁にぶつかり、それをよじ登って強くなるのさ」

（言われてることはわかる。それも方法の一つだろう。だが、それは女同士の理屈だ。俺は、俺は納得できない！　……女が困ってたら手を差し伸《の》べるのが男だ。その手を振り払われるくらいは、覚悟の上だ！）

俺は黙ってメリッサのテントに歩いていく。

「お兄ちゃん！」

「うるせえ、これが俺のやり方だ。……見張りは任せたぞ」

モーラとアリサは不満そうだったが、

「かしこまりました」

と、メイが返事をしてくれた。

俺はテントに入った。

◇

「笑っちゃうわね。ポーターなのに強くなった気がしてた。ちょっとスキルを覚えただけなのに」

「メリッサ……」

テントに入ると、メリッサは体育座りをしていた。

ずっとうつむいていて、目を合わせようともしない。

「私ね、小さい頃から勇者に憧《あこが》れていたわ。お母さんは犬の獣人なんだけど、お父さんは狼の獣人で、冒険者をしていたの。強かったわ。誇りに思ってた。あっ、もちろん今でも誇りに思ってるわ。でも、膝に矢をうけてから、お父さんは以前のようには戦えなくなっちゃったの」

「…………」

「それでも、お父さんとの稽古《けいこ》は続けてたわ。いつかお父さんの代わりに冒険者になるんだーって、ずっと思ってた」

「…………」

「だから、ヨシトにスキルを教えてもらって、まるで私まで勇者になった気になっちゃった。現実がわからない子供じゃないのにね……」

俺はメリッサの隣に座る。

「お前はまだ十五だ、一番若い。あいつらはメリッサより五年以上も長く冒険者やってんだぜ？　そりゃあいつらの方が強いのは仕方ないだろ。お前は強くなる。だからメリッサは、自分のペースでゆっくり強くなればいいんだよ」

「でも絶対じゃないわ」

「絶対だ」

「……ありがとう。気持ちは嬉《うれ》しいわ……」

どうみても嬉しそうではない。

(テントに入る前からわかってた。メリッサにあのスキルを覚えさせれば、と。でも、あのスキルは危険だ。特にメリッサの性格と合わない。絶対に自滅《じめつ》する。だけど……)

「アリサの強さは異常だ。多分迷宮都市そのものさえ壊《こわ》せるほどだろう。だけどそれは、アリサだけは、最後の潜在スキルを覚えたからなんだ。そしてそれは、メリッサにもある」

「あのとき覚えられなかったっていうやつ?」

「そうだ。それの取得条件が何なのかはわからない。ここでもう一度試《ため》してみるか?」

メリッサは数十秒考え込んだが、首を縦《たて》に振った。

【乾坤一擲《けんこんいってき》】
体内の七つの仙気《せんき》の門を解放することにより、普段人間が使用できない筋肉等を使用する
莫大《ばくだい》な力を得るが反動がある
自《みず》らの生命を賭《と》した、文字通り乾坤一擲の技

（知っていた。これは怖《こわ》いスキルだ。強くなるかもしれないけど、こんなデメリットがあるスキルを使わせたくない。だけど、このままだとメリッサの心が先に壊れてしまうかも。使えるようにだけしておいて、俺の許可なく使用することを禁じれば、大丈夫かな……）

「メリッサ、お前の最後のスキルは乾坤一擲《けんこんいってき》と言う。人間の身体には気脈や仙気《せんき》と言う不思議な力が隠《かく》されていると言われている。それは通常は無意識に制御《せいぎょ》されていて、表に出ることはない。これは人間全員がそうだ」

「無意識に制御してるの？」

「そう。なぜかというと、人間が本当の全力で戦ったら、身体が壊れちゃうんだ。だから壊れないように制御している」

「……でも、壊れてしまっても勝ちたい戦いはあるわ」

「そう、そのために制御を外すのがこのスキルだ。でもメリッサ、制御を外していいのはこんな戦いじゃない。誰かに任せて済むなら任せればいいんだよ。自分の自己満足のために外していいものじゃないんだ。わかるか？」

「……さっきの私みたいなことね」

「そうだ」

「わかったわ。ヨシトがいいと言うまで使わない」

メリッサは俺に向き合った。目が生き返っている。

(これなら大丈夫か)

「身体には七つの門があるんだ。その門を一つ開く度《たび》に、強くなる。でも開ければ開けるほど、反動で後で激《はげ》しい痛みがくる。最悪は生命の危険もある。だから、簡単に開けちゃいけない」

「わかったわ」

「特に七つ目の門は開けるな。いいか？　絶対だ」

「開けてはいけないのね？　約束する」

「よし、なら身体の中に門を意識するんだ。それで覚えられる気がする。前にも言ったけど、これは俺が与えてるんじゃない。メリッサが持ってるものなんだ。だから自分を信じて」

「やってみる」


だが、いくらやってもメリッサは潜在スキルを取得できなかった。

ほとんど夜通し行《おこな》ったが、発動することはなかった。

「また今度にしよう。焦《あせ》らないで」

「大丈夫よ。ヨシトのせいじゃないわ。まだ私は、これを使えるほどの力がないのね。修《しゅ》業《ぎょう》が足《た》りないってことか……。でも、いつかは覚えられるってだけで今は充分」

「うん、そうだ。焦《あせ》るな」

「わかったって」

メリッサは笑顔でそう言ったが、顔には影が差していた。

◇

朝食を食べて物資を片付けて出発する。

今日にはアースリザードの発見場所に着く予定だ。

「モーラ、アースリザードはどんな特徴《とくちょう》があるんだ？」

「とにかくでかい、強い、硬いだね。火も吐《は》くよ」

「火も吐《は》くのか！　……勝てるのか？」

「正直言って、百パーセントとは言えない。でも、あたしらもヨシトのお陰《かげ》で強くなった。それを試すいい機会だと思ってる」

「平気よ！　しょせんトカゲだわ。いざとなったら私が流星雨でけちょんけちょんよ！」

「お前が流星雨したら、素材も残らないだろうが！　流星雨は禁止だ」

「え〜〜」

黙ってるのは二人。メイはいいとして、気になるのはメリッサだ。俺はメリッサに視線を向ける。

「……大丈夫、ちゃんと理解してるわ。今はモーラたちに頼るわ」

メリッサは笑ってそう言うが、思いっきり乾《かわ》いた笑顔だ。

（どこが大丈夫なんだよ……くそっ、俺はやっぱり無力か）

◇

「旦那《だんな》方、そろそろ降りてください。この先からいつアースリザードが出るかわかりません。徒歩《とほ》でお願いします」

馬車でアースリザードと遭遇《そうぐう》しないよう、御者が俺たちに声をかけた。

「わかった。ここらへんで待っててくれ」

「ヨシト」

「ん？」

　メリッサが俺を呼ぶ。

「私は馬車に残るわ」

「メリッサ……」

「馬車を置いていくなら、馬車の護衛が必要よ。オーガみたいなのはきついけど、少しくらいは馬車を守れるわ」

「だけどよ」

　俺がメリッサを諭そうとすると、モーラは俺の肩に手を置いた。

「ヨシト、メリッサの判断は正しいよ。メリッサ、あたしからも頼むよ。馬車を任せていいかい？」

「ええ。モーラもヨシトをお願い」

「ああ、任せな」

　俺は、今はメリッサをそばに置いておきたかった。だけど馬車に護衛が必要なのは本当だし、連《つ》れていってアースリザードに敵《かな》わなければ、また落ち込ませるだけな気もする。

「シマ、お前も護衛で馬車に残れ」

　どうせついてこさせても、こいつは戦わない。なら、馬車の護衛のがマシだ。

「ウォン」

こんなときばかりいい返事をしやがる。

仕方なく、メリッサとシマを馬車の護衛に置いていった。

◇

三十分ほど、歩いた。

前方上空にアースリザードらしき影が見えた。だが——

「アリサ、あれがトカゲか？」

「うっ……」

アリサが顔色を変えた。

モーラは既に剣を抜き、俺を守る姿勢を取っている。

「逃げるよ、ヨシト！　三匹は無理だ！」

メイは迎撃《げいげき》態勢だ。

「いえ、追いつかれます。やるしかありません」

「くそっ！　まさか三匹とは‼」

馬鹿でかいトカゲは、三匹現れたのだ。

あれは恐竜だ。ここからでは正確な体長はわからないが、計《はか》れるほど近寄りたくもない。

だが、まだ百メートルは離《はな》れている。亜空間倉庫で先手《せんて》必勝なら……

そこへ、モーラが桜花乱舞のやり方で、戦闘を仕切り出す。

「メイ！　弓で牽制《けんせい》を！　アリサ！　やつらを足止めできる魔法はあるかい⁉」

「あるわ！」

「なら打ち込め！」

「ファイアーーーーウォール‼」

高さが五メートル、幅《はば》が十メートルほどの炎の壁が出現した。それだけの厚《あつ》みがあれば、通り抜けられるやつはいないだろう。まさに炎の壁だ。

「ヨシトは待機！　危なくなったら頼むよ！」

俺もアースリザードに攻撃するつもりだったが、それはモーラに止められた。

どうやらこの状況でも、自分たちの力を試すらしい。

「わかった！」

アースリザードは炎の壁を避けるように二手《ふたて》にわかれた。

右に一匹、左に二匹だ。

「止まって！　ストーンルート‼」

『ギャッ！』

右のアースリザードにアリサが魔法を唱えると、アースリザードの四本足には岩がまとわりつき、地面に縫《ぬ》いつけた。

その間にも、メイは左の二匹のアースリザードに、矢を雨のように発射し続けている。

「ウインドスラッシュ‼」

『グギャアアアアア！』

モーラも、左のアースリザードに風の斬撃《ざんげき》を放って攻撃する。さすがに遠距離主体だ。

（見た目は爬虫類《はちゅうるい》ショップで売ってるようなトカゲだ。だがでけえ。体長は十メートルじゃきかねーよ。体高《たいこう》だって、四、五メートルはある。……あの口で食われたらひと呑《の》みにされるな……ん？）

「アリサ！」

俺の声に、アリサより先にモーラが反応した。

「右！　ブレスが来るよ‼」

アリサに足を縫《ぬ》いつけられたアースリザードが、そのまま、息を吸い込むように頭をあげている。

「っ！　クリエイトウォール‼」

アリサは、アースリザードの前に幅三メートルほどの土壁を立てる。

ゴオオオオオオ！

ブレスは土壁で遮《さえぎ》られたが、勢いが強く、土壁の脇《わき》から炎が溢《あふ》れ出す。

俺は走って、右のアースリザードの体全体を視界に入れる。

そして右手を突き出し――

「亜空間倉庫！」

アースリザードの顔のすぐ後ろに、首を切断する角度で亜空間倉庫を出現させる。

アースリザードの首はごとりと落ち、動かなくなった。

「お兄ちゃんすごい……」

「アリサ、手が空《あ》いたならこっちを！」

「っ、はい！」

モーラに叱責《しっせき》されて、アリサは意識を戦場に戻す。

左の一匹は、矢をしこたま射ち込まれてはりねずみだ。だが、矢先ぐらいしか刺さってない。

もう一匹にモーラが近寄って、顔を何度も斬りつけている。

ふとメイを見ると、今持っている矢が最後の一本のようだ。

そんな彼女と目があってしまった。

「ヨシト様、見ていてください。これがヨシト様にいただいた力――レゾナンススイープ！」

弓につがえた矢に、七色の風が集まっていく。

魔力が視認《しにん》できるほど矢に集束《しゅうそく》して、やがてその矢がメイの手から発射される。

矢は、アースリザードの首目がけて飛ぶが、飛びながら最中に氷を纏《まと》ってどんどん大きくなっていく。

それは、騎士が馬上で使うランスよりも長く太く。

そして電柱よりも太くなった氷のランスが、アースリザードの首を射抜《いぬ》く。いや、その質量で頭を吹き飛ばした。

メイは、にこっと俺に笑いかける。

(褒《ほ》めてほしいのか？)

「よくやったな」

俺はメイの金髪の頭に手を置き、さらさらと撫《な》でる。メイは目を閉じ、口を半開きにして恍惚《こうこつ》の表情を浮かべた。

「お兄ちゃん！　なに、イチャイチャしてるのよ!!」

アリサに怒られてメイから手をどかすと、メイはアリサを睨《にら》み、弓を彼女に向けてビュンビュンと射つ真似《まね》をした。

まるで、「ジャマするなんて許しません、殺してやる、殺してやる！」という声が聞こえてきそうだ。

アリサはメイの目付きに恐怖を感じて、身体をブルッと震《ふる》わせると――

「わ、私もやるわよ!!　モーラ、離れて！」

モーラがアースリザードを見たまま後ろに飛び、俺たちの近くに着地する。

アリサの右手の甲《こう》にある龍の顔の紋章《もんしょう》が光り輝く。

そしてアリサの瞳から色が消える。

《太陽の友、ソドムの送り火》

《空を朱に染め上げげ》

《大地を白く塗《ぬ》り変えよう》

《形あるものは滅《ほろ》びへと続く》

《汝《なんじ》、灰燼《かいじん》と化し、世と訣別《けつべつ》せよ》

「白光《びゃっこう》」

キュゥウゥウィ、ドーーーーーン！

アースリザードの下の地面が白く光ったかと思うと、その光は天高く立ち上った。

いや、それは光なんて生易《なまやさ》しいものではなかった。

真っ白になるまで温度上昇した超高温の火柱がレーザーのようになり、触《ふ》れるもの全てを焼き尽《つ》くす。

焼くと言うのも生《なま》ぬるい。地面はただれ、全てを気化させるほどの高熱だった。

またまた流星雨のときのように、アリサの周りだけは安全なようだが、当然そんな熱いものがアースリザードを蒸発《じょうはつ》させるだけで済むはずがなく……

「亜空間倉庫おおおお‼」

「アブソリュート・ゼロ！」

俺はメイとモーラを抱きかかえ、亜空間倉庫で熱波を防ぎ、メイも身が凍《こお》りつくような冷気を、渾身《こんしん》の力で出し続ける。

魔法だからなのか、数秒もするとあたりの熱が嘘《うそ》のように収まった。

俺たちの左側には、二匹のアースリザードの死体があるはずなのだが、灰も残らず全て消えている。かろうじて右側に、体表を真っ黒に焦《こ》がした、アースリザードだったようなものがあるが。

「「………」」

俺、メイ、モーラは、立ちつくしているアリサをジト目で睨《にら》む。

アリサは油が切れた機械のように、ギギギギとこちらを見た。

「お、おかしいわね……。アースリザードはどこかしら？」

「お前、これが金稼《かせ》ぎって理解してるか？」

「私のアブソリュート・ゼロが……」

「まずはあたしらの生命の心配をしなよ……」

アリサはわたわたと手を動かす。

「し、仕方ないじゃない！　こんなになるとは思わなかったのよ！」

「制御を、規模を考えろよ！」

「考えたわよ！　ちゃんと周りに被害が出てないじゃない！　周りに熱が出ないようにしたわよ！」

「してねえから!!　死ぬ寸前だったから！」

一歩間違えれば死んでいてもおかしくなかった。むしろ、助かったのは奇跡《きせき》と言っても良い。

「アリサ、お前は魔法禁止」

「魔導師が魔法を使わなくてどうするのよ！」

モーラもアリサをたしなめる。

「アリサ、絶対に街の近くで魔法使うんじゃないよ？　勇者どころか、魔王として討伐依頼がかかるかもしれないよ？」

「だ、誰が魔王よ！」

「「「お前だよ！」」」

アリサは強すぎる。魔力の制御を覚えるまでは魔法を禁止にして、その後、一応黒焦げのアースリザードだったものを亜空間倉庫にしまった。

◇

仕事を完全に失敗したかと思われたが、俺たちは天に見放されてはなかった。

「ヨシト様、あれ……」

メイが空を指差す。

そこには龍が飛んでいた。

龍は俺たちの上を旋回《せんかい》しながら、徐々に高度を下げてくる。

「ドラゴンか⁉」

俺が、とうとう現れたか、さすが異世界！　と思っていたところに、モーラが水を差す。

「いや、あれはワイバーンだね」

「飛竜？」

「まあ、そうだけど。買い取りはアースリザードより高いよ」

「マジか！　あれ、倒そうぜ」

「届かないよ」

「私も矢がありません。アリサが燃やしてしまったので」

「ぐっ、しつこいわね！　また私が――みゃああ！」

俺は身長が低いアリサの頭をわしづかみにする。

「お・前・は・金・稼・ぎ・と・わ・か・っ・て・る・の・か！」

「いたいいたいいたいいたいいたい！　じゃあどうするのよ！」

「俺がやる」

俺はワイバーンに手を向けて――

「亜空間倉庫！」

すると、俺たちとワイバーンの間、ちょうど真ん中あたりに黒い板が現れる。

「……あれ？」

「届かないじゃない」

「ヨシト、距離が近くないとだめなのかい？」

「いや、俺も今知った」

どうやら俺の亜空間倉庫は有効距離があるようだ。今の感じだと、五十メートルくらいか？

「参ったな……どうするか」

「あたしに作戦がある」

「よし、モーラ、任せた」

◇

「いやいやいや、落ちたらどうすんの⁉」

「大丈夫だよ、あたしがついてるから」

「お前がいても、落ちたら死ぬのは一緒なんだが」

モーラの作戦は、彼女が今使える最高の風魔法——スカイハイで、俺を抱《かか》えたモーラが亜空間倉庫の有効距離まで飛ぶというものだった。

成功するなら悪くないが、高く上がったあとに魔力切れを起こして、安全装置なしでバンジーさせられるのは絶対に避《さ》けたい。

「あたしを信じなよ」

「なんで、そんなに自信マンマンなんだよ！」

「面倒だね、スカイハイ！」

「んなあああああ！」

俺はモーラに後ろから抱き締《し》められ、空に飛び立った。

「もーーーーらあぁぁぁぁぁぁぁ！」

「行けるよ！　ほら！」

『キシャアアア』

ワイバーンも俺たちが飛び上がってきたことに気付き、大口を開けて向かってきた。

「ほら、ヨシト！　早く！」

「お、下ろせ‼」

「早く！　ヨシト！」

迷《まよ》っている暇《ひま》もない。

もうここまで来たらやるしかない。

「あ、亜空間――」

「あっ、魔力が……」

俺を抱えるモーラがピタリと止まったかと思うと、先程のフラグ回収とでも言わんばかりに、俺たちは落下をはじめる。

「ちょっとヤバい」

「だから言ったじゃねえか‼」

落下している俺たちを、ワイバーンが噛《か》みつこうとする。

「よっ」

モーラは、俺たちを食べに来たワイバーンの頭を踏みつけて、噛《か》みつきを回避する。だが、ワイバーンが通過した風圧で、俺たちの落下に回転がかかった。

「もーーーーらあぁぁぁぁぁぁぁぁ！」

ワイバーンは反転して、俺たちを追ってくる。

「んあああ！」

あわや地面に激突というところで、モーラは最後の魔力を振り絞《しぼ》り、落下速度を完全に殺し、優しく降り立った。

「もうだめ……あとは頼んだよ……」

「くっ……てめえ、後で覚えてろよ！」

俺に大地のありがたみを噛《か》みしめる余韻《よいん》も与えずに、ワイバーンは地上に降りてきて俺を威嚇《いかく》する。

『キシャアアア‼』

「うるせえ、飛びトカゲ！　亜空間倉庫！」

完全に八《や》つ当たりだが、紐《ひも》なしバンジーの恐怖に比べたら、ワイバーンの威嚇《いかく》など屁《へ》でもなかった。

俺の亜空間倉庫が、ワイバーンの首に展開される。

ワイバーンの頭はゴトリと落ちた。

ワイバーンの胴体はアースリザードよりも小さい。だが翼を広げた大きさは一・五倍くらいあった。

俺は早速、ワイバーンとワイバーンの頭を回収する。

「ヨシト様、お疲れさまです」

「メイ、モーラをしばいとけ」

「かしこまりました」

俺たちは、メリッサが待っている馬車まで歩いた。

◇

俺たちは、留守番《るすばん》をしていたメリッサに報告をした。

メリッサの方は、ホーンラビットの亜種《あしゅ》のようなものに一回襲《おそ》われただけらしい。

「そう。じゃあ、アースリザードがワイバーンになっちゃったのね」

メリッサの言葉に、アリサはしょんぼりだ。

「だけど、ワイバーンの完全な死体は、アースリザード三体より高いよ。それに黒焦げだけど、討伐の証明はあるしね」

俺はモーラをジト目で見る。

「モーラ、お前も魔法禁止だ」

「……あたしは、アリサよりましだと思うけど？」

「てめえらは同じだ！　大体なんだよ！　飛んですぐに魔力切れって！　よく飛ぼうとしたな‼」

「あたしは魔導師じゃないんだ、魔力が少ないのは仕方ないじゃないか」

「仕方ないでバンジーさせられたのは俺なんだが⁉　なんだよ、一番まともじゃないメイが一番まともって！　完全に予想外だ」

「私はヨシト様の忠実《ちゅうじつ》な僕《しもべ》です」

俺はメイの頭を撫《な》で撫《な》でする。狂信者のようなメイが一番まともって、こいつらはどんだけ無茶苦茶なんだよ！

「よしよし、メイはいい子だなー」

俺がメイの頭を撫《な》でると、アリサは苦虫《にがむし》を噛《か》み潰《つぶ》したような顔をする。

「ぐっ……」

「あたしのおかげでワイバーンをやれてるんだが……」

モーラの不服《ふふく》そうな顔は完全にスルーした。

帰路も夜営で一泊して帰ることになる。いつものように夜営の準備をするが、やはりメリッサが気になる。

表面上は普通にしている。だがやっぱり、俺にはどこか影が差しているように見えて仕方なかった。

次の日の昼前には冒険者ギルドに着くことができた。

「旦那方、ありがとうございました」

ギルドの前、別れぎわに御者が言った。

「いや、危険な目に遭《あ》わせて悪かったな」

「とんでもない！　旦那方はお強いですね、またお願いしたいです」

「こっちだってお願いしたいよ。あー……」

そういえば、御者の名前を聞いてない……

「サルースです」

「すまん、サルースはオーガに襲われても逃げ出さなかった。本当なら逃げ出してもおかしくないのに、俺たちを信じてくれた。それだけでもまたお願いしたいよ。俺はヨシトだ」

自分の名前さえちゃんと名乗っていないことも思い出した。

「ヨシト様ですね。ありがとうございました」

「またな、サルース」

御者と別れ、冒険者ギルドに入る。

「すみません、依頼の達成の報告ですけど」

対応してくれたのは、依頼を受けたときのおっさんだ。

「早いな。討伐証明はあるのか？」

「ここじゃ出しにくいな」

「……まさか、まるごとか？」

「あー、いやー、どっか出せる？」

俺は言い出しにくかった。アリサは俺の尻を膝蹴《ひざげ》りする。悔《くや》しいのか？

「……ついてこい」

俺たちはギルドの裏に通された。

ここは研修のときに使った、だだっ広い訓練場だ。ここなら思いっきりいける。

「では、出せ」

俺はまるこげのアースリザードだけを地面に出す。

「…………」

ギルド職員のおっさんは固まってしまった。

「……やっぱ、この状態じゃダメか？」

「……これはお前が？」

おっさんは、俺を視線で殺そうとするかのように鋭《するど》く睨《にら》んできた。ちょっと背中が寒くなった。まるこげにしたのは誰かってことだろう。

（くそっ、なんで俺が怒られる！　原因を作ったやつが怒られるべきだ！）

「い、いや！　こいつだ！　俺は悪くない！」

俺はアリサの背中を押して、前に出す。

「ちょっと！　私だけのせいにするつもり!?」

「お前がやったんだろうが！　三体もいたのに！」

アリサは後ろに戻ろうと抵抗する。おっさんは「三体だと？」とか言っている。

「仕方ないじゃない！　あとは溶《と》けちゃったんだから！　大体、お兄ちゃんが死んだのをいつまでもほっとくからいけないのよ！」

「まるこげになると思わねえだろうが！」

「ポーターならさっさとしまっときなさいよ！」

「待て‼」

俺とアリサが日本にいたときのように、兄妹喧嘩《げんか》まがいなことをしていると、おっさんが大声で制止してきた。

「……本当に……お前、桜花乱舞のアリサだな？　本当にお前がこれを焼いたのか？」

「……？　え、ええ、そうよ？」

おっさんは目玉が落ちるんじゃないかと思うほど、目を大きく見開いた。

「こ、ここにいろ………どこにも行くんじゃないぞ‼　絶対に動くな‼」

おっさんはどこかに走っていった。

モーラは不安げな表情をする。

「ヨシト、ヤバいんじゃないかい？」

「……俺も今、そう思えてきたところだ……」

メイも珍《めずら》しく不安げだ。

「ヨシト様、逃げてはどうですか？」

だがアリサはわかってないようだ。

「ちょ、ちょっと！　なんなのよ！　お兄ちゃん、どういうこと⁉」

メリッサがアリサに説明をしてやる。

「あの職員は、まるこげになってるアースリザードに文句を言ってるんじゃないわ。竜種をまるで炭のように焼ききる火力の魔法に驚《おどろ》いてるのよ。それも、硬い硬い竜の鱗《うろこ》を、ボロボロの炭にするほどの火力にね」

「お、お兄ちゃん？」

メリッサに冷静に告《つ》げられたアリサが、不安げに俺を見る。

「俺もまずった。素材がまるこげなのを怒られるとしか考えてなかった」

「ヨシト」

「ああ、帰ろう。その方がいい」

俺たちが動こうとすると——

「動くんじゃない‼」

職員が戻ってくるほうが早かった。数名の職員、おっさん、それとローブを着ている偉《えら》そうなじいさんが来た。

俺たちが少し警戒をすると、おっさんが口を開く。

「別に取って食おうというわけではない。話を聞きたいだけだ！」

（それが面倒なんだが……）

職員とじいさんはアースリザードに群《むら》がり、体表の炭を剥《は》がしながら色々見ている。

「——間違いない——」

「——でも——」

「どんな火力な——」

「——大魔——」

「——素晴らしい」

じいさんがこっちに来る。

「ほっほっほ、お前さんがリーダーかの？」

「あ、ああ、そうです。四姫桜のリーダーは俺だけど……」

「すまぬが、ちょっと話を聞かせてもらえるかな？」

俺はメリッサに腕を引っ張られる。

そして、じいさんたちから離れて、円陣を組むように顔をつきあわせて内緒話《ないしょばなし》をする。

「いい？　ヨシトの秘密だけは死守《ししゅ》して」

「もちろんだ。あたしらは金級の冒険者、突然強くなっても大事《おおごと》にはならない」

「そうです。ヨシト様の秘密は国家を揺《ゆ》るがすほどです。亜空間倉庫もそうですが、他者を強くできるとなれば、平穏《へいおん》な暮らしは失われるでしょう」

「そうだよ。あたしらが目立つのは仕方ないんだ、冒険者だからね。だからあたしらに興味を引き付けてヨシトを守るんだよ」

「わ、私どうなるの？」

「アリサは基本喋《しゃべ》るな。リーダーに聞いて、と繰り返せ」

「決まりね、絶対にヨシトを守るわよ」

「「「「おお！」」」」

俺たちは円陣を解《と》いた。俺はじいさんに向かって、自分たちの意向を伝える。

「ちょ、ちょっとだけなんだからね‼」

「誰よ、こいつ」

やめろアリサ。そんな目で見るな。

◇

この流れは、じいさんがギルドマスターで、ギルドマスターの部屋に連れていかれるのではと予想していたが、職員たちがベンチをどこかから用意してきて、そのままここで話すことになった。

俺たち五人とじいさん、おっさんだ。

「まずは依頼達成、ありがとうというところかの」

「……あの状態でもいいのか？」

「アースリザードを討伐できた証明になればいいのじゃ。依頼は達成でよいじゃろう。素材の報酬は出せぬがな」

じいさんは、ほっほっと笑う。

「なら、持って帰っていいのか？」

「持って帰るのか？　中まで炭じゃぞ？」

「まあ、買い取れないものを置いていくのもな……」

「わかった、白金貨一枚出そう」

「「「は？」」」

俺は、ゴミを置いていくのもなんだと思って言ったのだが、急に金を払うとじいさんは言い出す。

「五枚よ」

売れるとわかると、欲を出してきたのはメリッサだ。

「五枚は言いすぎじゃろ。二枚じゃ」

「四枚よ。もう譲《ゆず》らないわ」

「……三枚じゃ。間を取ったんじゃ。この辺にしとけい」

「……わかったわ」

メリッサの頑張《がんば》りで、ただの炭が白金貨三枚になった。

「なあ、炭をどうするんだ？」

「研究じゃよ。どれほどの火力でこうなるのかとかの」

「………………」

そんな使い方をされるとは。

あんな死体から、俺たちの魔法がどんなもんなのか研究すると言う。

そう考えると、三枚でも安かったかもしれない。だが、メリッサは俺の袖《そで》を引き、首を横に振る。ふむ、ここまでにしとけ、と。

「まだあるんじゃろ？　三体いたそうじゃないか」

「あー、色々あってもうないんだ」

「……どこかに売ったのかの？」

「いや、あー、焼いたから捨ててきた。でも、他にも売りたいものはある」

「ほほう、出せるのかの？」

俺はアースリザードが気化して消滅《しょうめつ》したことから話を逸《そ》らすために、ワイバーンを出す。

そこには、首だけがきれいに切り落とされた、体が完全に残っているワイバーンが現れた。

じいさんとおっさんは立ち上がり、しげしげとワイバーンの死体を検分《けんぶん》する。

一分ほどでじいさんたちは座り直し、神妙な顔でゆっくり口を開く。

「先に言おう。お前さんらは今日からプラチナ級じゃ」

「「「「は？」」」」

　これにはびっくりして、俺は全員の顔を見た。するとモーラが口を開く。

「確かに、あたしらは金級になって長い。でもプラチナ級は、この都市にはやつらしかいないんじゃないのかい？」

「そうじゃの。今プラチナ級は、迷宮の五十台の階層をナワバリにしている、『蒼き群狼』しかおらん」

「それをあたしらにも？」

「それだけじゃないわい。モーラ、メイ、アリサも個人でもプラチナ級、ヨシトとメリッサと言ったかの、お前さんらも金級のポーターじゃ」

「「「「…………」」」」

　金級のポーターと言ったら、金貨千枚、白金貨に換算《かんさん》すれば十枚を納品したということになる。しかも、メリッサと二人だ。

「私はまだ一度も納品してないわ。金級はおかしいわよ」

「決まりではそうだの。じゃが、お前さんらのパーティーはポーターが二人じゃ。ならば、荷物を分けあって運ぶじゃろ。たとえ一人しか運んでないとしても、二人で助け合っとるはずじゃ。まあええじゃろ」

「でも、いきなり金級なんて……」

じいさんの隣のおっさんが説明する。

「冒険者はそうはいかぬが、ポーターは納品の額だけだ。ポーターになった次の日にプラチナ級になることも理論上は可能だ」

「理由は？」

俺がじいさんに聞くと――

「ワイバーンが高い……というのは建前《たてまえ》じゃな。本音《ほんね》はお前さんらを守るためじゃ」

「…………」

じいさんは話を続ける。

「ワイバーンとアースリザードを同時に運ぶポーター。このワシでさえできぬ、アースリザードを炭にするほどの魔法使い。これだけでも大変なことじゃが、あれはモーラかの？ワイバーンの首の断面《だんめん》。……恐ろしいほどの斬れ味じゃ。何で斬ったらあれほどまっすぐな断面になるのか……さて、どうなるかの？」

じいさんは好好爺《こうこうや》のような表情をする。

「それは――」

「みなまで言うでない。ヨシトとやら、わかるじゃろ。大きな力とは誰もが怖いものじゃ。

怖いものはどうするか、味方につけるか敵になる前に殺すしかない。お前さんらも思い当たる節《ふし》があるんでないかの？」

俺たちはギョッとした。

多分、ミッシェル子爵事件のことを言ってるのだろう。ここに来てそれを出されるとは。

「ギルドが後ろ盾になると？」

「そうではないわい。じゃがプラチナ級ともなれば、厄介《やっかい》ごとを未然に防ぐ手段の一つともなろう」

プラチナ級に手を出したらタダじゃ済まない。

そういうハッタリにはなるということか。

モーラがじいさんに尋《たず》ねる。

「……ギルドの利点はなんだい？」

「そうじゃの。プラチナ級ともなれば大きな依頼を頼みやすい。つまり、ワシらも儲《もう》かるということじゃ」

「それだけとは思えない。本音は？」

モーラはその言葉を信じてないようだ。

じいさんは少し姿勢を正《ただ》し、真剣な顔になった。

「迷宮を、迷宮を探索《たんさく》してもらいたい」

「……迷宮？」

すると、俺の足元に伏せていたシマが、耳をピクリとさせ、お座りの姿勢になる。

「迷宮探索が滞《とどこお》っておる。最高到達階層の更新がされたのはもう百年以上前じゃ。『蒼き群狼』は更新する気がないのじゃ」

「……別に、そいつらに任せておけばいいだろ。なぜ俺たちに？」

「今も言ったが、『蒼き群狼』は最下層へ進む気がないのじゃ」

「それは、そいつらのライフスタイルなんじゃないのか？」

「そうじゃの。じゃがお前さんらには最下層を目指してもらいたい」

「……理由は？」

「理由はたくさんある。六十階層より奥の魔石が欲しいのもある。迷宮都市として、まったく階層が更新されぬと、夢を持つ者たちが集まらん。そうなれば経済が停滞《ていたい》する。そしてもっとも大きな理由は、ワシが最下層を知りたいのじゃ」

本当に金の問題もあるな。魔石が欲しいのはまさにそうだし、迷宮の更新をしたいのは人寄せパンダになれということか。だが最下層は？

「最下層をなぜ知りたい？」

「半分はワシの夢じゃ。ワシらは六十階層が限界じゃった」

「………」

「過去の最高到達階層は六十五階層じゃが、それより下の階層の情報はない。それに、ワシらが調《しら》べた情報だと、最下層には神がいて、どんな願いも叶《かな》うというぞ？」

「……本当か？」

「わからぬ。誰も到達してないのじゃから……」

それはそうだ。だが興味がないと言えば嘘になる。俺も迷宮の最下層は気になっていた。

「でも、五十階層以降は地獄《じごく》と言うぞ？」

「じゃが、お前さんらなら行けるじゃろ。豊富な資材を運べるポーター、アースリザードを炭にするほどの火力、ワイバーンの首を抵抗なく斬れる剣術、むしろお前さんらが無理なら誰も無理じゃ」

「………」

メリッサがじいさんに言う。

「メリットが足りないわ」

「金級ポーターなら、売値も高いぞ？」

「私たちは命をかけるのよ？　その程度では協力できないわ」

　メリッサはじいさんを睨《にら》む。

「ならいくら欲しいのかの？」

「お金を貰《もら》うと契約になってしまうわ。どこまで行けるかもわからないのにお金は貰《もら》えない。そのかわりに、国と貴族から守って」

　メリッサの要求は金じゃなかった。

「迷宮の最高到達階層を更新する。今まで見たことない魔石やドロップ品、どんどん名が売れるわ。ちょっかいかけてくるやつもたくさん出るわ」

「そのためのプラチナ級じゃよ？」

「それはわかるわ。プラチナ級に手出しすればただじゃすまないと思わせたいのでしょ？　でも足りないわ」

「なぜじゃ？　そこまでバカはおるまい？」

「なら言うわ。このケーンズ王国が軍をもって私たちを拘束《こうそく》しようとしたら、どうするのかしら？」

「…………」

　これにはじいさんも黙った。

　冒険者ギルドは、国や貴族が干渉《かんしょう》しない独自《どくじ》の組織ということになっている。だがそれは名目上で、やはり国から圧力がかかれば従《したが》わざるを得ない。

「プラチナ級はありがたく受けるわ。素材もギルドに売る。でも、迷宮に強制的に向かわせられるのはごめんよ。お金だけを目的とするならフィールドのがマシよ」

「迷宮のが計算できる分、やりやすくないかの？」

「上層ではね。でも下に行けば行くほど迷宮は危険も増すし、罠《わな》もある。帰ろうと思っても同じ道をたどらなければ帰れない。下を目指すなら、迷宮の方が危険だわ」

「…………」

「迷宮を踏破《とうは》すれば名声が高まる。プラチナ級の肩書きだけでは厄介《やっかい》ごとを防ぎきれないのは、ギルドだってわかってるんじゃないの？」

「…………」

　全員が黙る。メリッサの言うことは一理ある。それに、ラノベでもよくあるパターンが、魔王を討伐した勇者が国に殺されるというやつだ。自分の理解を超《こ》える力は恐怖の対象なのだ。

　プラチナ級の名前で厄介《やっかい》ごとを払えるのは、プラチナ級以下の厄介《やっかい》ごとだけだ。仮に国や大貴族が俺たちにちょっかいを出そうとしたら、プラチナ級の肩書き程度ではかわせないだろう。

「できない約束はできん」

「なら守ってくれなくてもいいわ。そういう情報があったらそれを教えて。私たちも可能なら迷宮に潜《もぐ》るけど、絶対に迷宮しか行かないなんてできないもの」

じいさんとメリッサは睨《にら》み合う。だが突然、じいさんは表情を崩《くず》した。

「……ただのおまけと思っておった。ほっほっほ、こりゃ参ったわい。このパーティーには誰一人として穴がないようじゃの。よかろう、情報は流そう」

「なら、迷宮も視野に入れるわ」

情報が入ってくるだけでも充分だ。事前情報さえあれば、ミッシェル子爵のときのようにはならないだろう。

まあ、言われなくても迷宮には興味があったし、下に潜れば金になるのも事実だ。無駄に冒険者ギルドと敵対するより、この程度のお願いなら聞いといても損はない。

ワイバーンの完品は、白金貨二十枚で買い取りしてもらえた。これで当分は金に困らないだろう。

俺たちが立とうとすると――

「あっ、まだあったわ。これ、買ってくれるのかしら?」

メリッサは自分の亜空間倉庫から、ホーンラビットを取り出した。

「こ、これは‼」

「まさか！　お前さん、これをどこで！」

ホーンラビットの亜種だった。普通は白い体毛だが、こいつは金色だ。

「アースリザードのついでに狩《か》ったのよ」

メリッサはどや顔だ。

俺はさっぱり意味がわからなかった。じいさんとおっさん以外で驚いてるのはモーラとメイだ。

「ん？　それがなんなんだ？　珍しいのか？」

メイが教えてくれる。

「あれはゴールデンラビットです。王族が喉《のど》から手が出るほど欲しがるものです」

「どうしてだ？」

「ゴールデンラビットの肉は寿命《じゅみょう》を延《の》ばすと言われています。実際に延びた人もいます。それに、ゴールデンラビットの毛皮は最も高級な毛皮です」

「そんなに珍しいのか？」

「一年に一度、見られるかどうか……それも、流通に乗ることはほぼありません」

「まあ、寿命を延ばせるならな」

「ですが冒険者は食せません」

「どうして？」

「ゴールデンラビットの肉は、力や魔力が減衰《げんすい》する毒です。戦わないと言いきれる方でないと無理です」

（なるほど、だからメリッサは俺たちに食わせるって選択肢を取らなかったんだな。正解だな）

「さあ、いくらで買うの？」

「…………」

「別にどっかに売ってもいいのよ？」

「腐《くさ》るじゃろ」

「かもね。でもうちには氷の魔法使いもいるし、最悪売れなくてもいいわ。これは私が狩ったんだし」

「…………」

じいさんたちは黙る。

「く、黒金貨一枚じゃ」

「二枚よ」

「っ！　いくらなんでも高すぎるわい‼」

「そう？　私は売る自信あるけど？」

「ぐぬぬ、黒金貨一枚と白金貨五十枚じゃ」

「これだけはまけないわ、黒金貨二枚よ。だめなら他に持っていくわ」

「っ！　……くそっ！　わかったわい‼　ほんにおまけと思ってたのに一番の腹黒《はらぐろ》かっ！」

白金貨百枚で黒金貨一枚だ。これでメリッサの解放に大きく近づいた。

「もってけ！　こわっぱどもが！」

◇

宿に戻る。

「はい、ヨシト」

と、メリッサがギルドから巻き上げたゴールデンラビットの買い取り金を、俺に渡してくる。

「いやいや、お前が持ってろよ。メリッサの金だろ」

「違うわ。パーティーの稼ぎよ」

「でもよ」

「私の返済期限までまだ五年近くあるのよ？　このペースなら本当に一年かからないわ。それより、ヨシトが言うお風呂がある拠点が先ね」

「メリッサにはたまげたよ。あんなのを持ってるとは……」

「運がよかったわ。結果的に馬車で留守番してて正解だったわ」

メリッサはギルドから金を受けとるとき、金級だから十パーセント増しが足りないと言いやがった。さすがにじいさんもおっさんも顔を真っ赤にしたが、メリッサは「あれ？　ルールはどうなるのかしら」と平然と言い放った。それを言われたら、ギルドとしては払うしかない。

メリッサは元に戻ったようだ。本心ではたぶんまだくすぶっている部分もあるだろう。でも、力以外でも存在感を示せたことにより、ずいぶんと心は楽になったはずだ。

◇

昨日の稼ぎは黒金貨二枚、白金貨四十五枚、金貨五十枚だ。

白金貨換算すれば、二百四十五・五枚。もう少しでメリッサの解放には足りる。

だが、俺には大きく二つの懸念《けねん》材料があった。

装備と拠点だ。

装備は全員ランクアップさせたい。

メリッサはレベルも低いが、武器の攻撃力も足りてない。モーラは盾が要らなくなったといっても、選択肢のために持たせたいのと、剣がガタが来ている。アリサは、チート魔法の攻撃力が高すぎるので、槍のスキルがあるから使わせてみたらどうだろうと思っている。

拠点は、風呂に入りたいことと、モーラたち四人が早く拠点が欲しいとうるさいからだ。

メリッサからは、稼ぎは自由に使っていいとさらに念を押されたので、この二点をなんとかしてみようと思っている。

一度、ここいらで全員の強さを整理しておこう。

【ヨシト＝サカザキ】
名前：ヨシト＝サカザキ
年齢：21／性別：男／種族：人族／レベル：32
称号：次元を断《だん》する者

STR：C／VIT：C／DEX：C／AGI：C／INT：C／MEN：D
スキル：言語理解／亜空間倉庫EX／完全鑑定

【メリッサ】
名前：メリッサ
年齢：15／性別：女／種族：犬人族／レベル：29
称号：なし
STR：B／VIT：B／DEX：B／AGI：B／INT：C／MEN：D
スキル：体術（レベル5）／隠密《おんみつ》（レベル2）／罠発見《わな》（レベル5）
罠解除《かいじょ》（レベル1）／亜空間倉庫
種族スキル：嗅覚探知《きゅうかくたんち》／腕力上昇
潜在スキル：乾坤一擲

【モーラ＝ドーランド】
名前：モーラ＝ドーランド
年齢：23／性別：女／種族：ハイヒューマン／レベル：53

称号：舞姫
STR：S／VIT：S／DEX：A／AGI：A／INT：B＋／MEN：B
スキル：剣術（レベル8）／盾術（レベル5）／風魔法（レベル7）
種族スキル：タウント・ロア／頑健《がんけん》
潜在スキル：明鏡止水《めいきょうしすい》

【メイ＝ホースニール】
名前：メイ＝ホースニール
年齢：118／性別：女／種族：ハイエルフ／レベル：55
称号：聖女
STR：B／VIT：C／DEX：S／AGI：A／INT：A＋／MEN：S
スキル：回復魔法（レベル7）／氷魔法（レベル8）／水魔法（レベル3）
弓術（レベル7）／杖術（レベル1）
種族スキル：森林歩行／祈り
潜在スキル：一意専心《いちいせんしん》

【アリサ＝コウサカ】
名前：アリサ＝コウサカ
年齢：19／性別：女／種族：人族／レベル：50
称号：終焉《しゅうえん》の星姫
STR：B／VIT：C／DEX：A／AGI：A／INT：S＋／MEN：A
スキル：火魔法（レベル9）／土魔法（レベル9）／短剣術（レベル5）
槍術（レベル3）／罠発見（レベル6）／火の理／土の理／魔力奔流

やはり、モーラとアリサは頭一つ抜けている。

アリサはわかる。潜在スキルを全て取得しているのだから。

だが使い勝手が悪い。魔力の調節技術とともに、魔法を使わない手段も覚えてもらいたい。

モーラは装備に問題がある。ビキニアーマーはそこそこいいものだが、剣はなんと、俺と変わらない鉄の剣だった。金級だったくせにさすがにそれはないだろ。

メイはアリサと逆に、使い勝手がいい。弓も強いし魔法も上手《うま》い。ある意味一番安定していると言える。

メリッサは、まだレベルが足りないのが一番のネックだ。アースリザード戦も参加してないので、その分俺とレベルが離れてしまった。

だが、成長率がいい。

俺と比較してみてくれ。俺はまるでCが頭打ちかと思えるほどステータスが変わらない。本当に勇者なのか、俺にこれで何をさせたいのだと、女神《めがみ》とやらに会ったら絶対に正座させて問い詰《つ》めてやる。

報酬の使い道を相談するために、みんなが俺の部屋に集まった。

「今回、大金が手に入ったが、使い道を考えている」

「「「……………」」」

「あー、一つは拠点、一つは物資、一つは装備だ」

シュタッ！

アリサが手を上げる。

「はい、アリサくん」

「物資はなんですか？」

「お前が流星雨でふっ飛ばしたから、テーブルセットの椅子《いす》が足りなくなったんだよ」

「あっ」

「あと米も買いに行く。これについてはメリッサ、ついてきてくれ」

「わかったわ」

シュタッ！

「ふむ、モーラくん」

「装備はどこで買うんだい？」

「ザルバの店に行こうか」

ザルバは俺が世話になった防具屋だ。かなり有名なポーターらしいから、まずは相談してみよう。

シュタッ！

「メイくん」

「ヨシト様、拠点はどこに構えるのですか？　迷宮都市ですか？」

「ほえ？」

予想外の質問が来た。そうか、別に迷宮都市じゃなくてもいいのか。

「ほえって誰よ」

メリッサが突っ込むが無視だ。別に誰でもないしな。

「ヨシトは迷宮都市以外の街は見たことあるのかい？」

「ないな。どこかいいところがあるか？」

　メイが答える。

「街単位では難《むずか》しいですが、国と考えると大まかに言えます」

「どんな？」

「ここ、迷宮都市はケーンズ王国にありますが、迷宮都市は自治都市に近いです。これは他に例がありません」

「他に迷宮は？」

「ありません」

「ないんかい！」

　これは予想外だった。普通、ダンジョンがそこかしこにあり、それぞれに特色があったりするものなのだが。いや、俺の知ってる普通はラノベですけどね。

「そして、迷宮都市は常に狙《ねら》われています」

「……え？」

　モーラが言う。

「当たり前だよ。世界で唯一、魔石を産出できるんだ、喉から手が出るほど欲しいところはたくさんあるさ」

「あー、だから戦争……。じゃあ、世界中から狙われている？」

「そうでもありません。例えば、エルフは世界樹を持っていて、自然とその世界樹の恵みで生活していますので、よそを侵略《しんりゃく》したことはありません」

「ん？　人種は混在じゃないのか？」

　メリッサが言う。

「混在はしてるわ。でも迫害《はくがい》もあるわ。ここまで人種差別がないのは、迷宮都市だけよ。エルフの国、フェル王国はエルフしか入国できないわけでもないけど、エルフ以外には厳しいわ。特に人族には風当たりがきついわね。獣人の国、バーセル国家連邦も同じだけど、獣人の特徴からか、強い人は敬意を払われるわ。ドワーフの国、ガルンドン公国は比較的人族と仲がいいわね。魔石を取引してるからよ。人族の国は他に、エルジン帝国、フリーダム合衆国があるわね。戦争というと、普通は人族の国同士になるわ」

（なるほど、でもそう考えると……）

「なんか、人族が嫌われてる？」

「というよりは、昔は人族以外は亜人《あじん》と分類されて、人族対亜人で戦争していたからよ」

「……今は？」

「千年も前に終わっております。当時の勇者様が間を取り持ちました」

　メイが補足した。

「なるほど……」

（ということは、欲が深い人族同士が迷宮を巡って争《あらそ》っているわけか……）

「つい最近の戦争は？」

「二年前よ、お兄ちゃん」

「……まさか……」

　アリサは暗い目をして言う。

「私も戦ったわ。人も殺した……」

「…………」

　アリサが戦争に？　それに人を殺してる？

　いや、ダメだ。日本の常識と一緒にするのはやめよう。

「日本の常識は忘れよう。当然勝ったんだよな？」

「勝ったよ。ケーンズ王国も、迷宮都市からの税をなくすわけにはいかないから必死さ。それに、場所もいい。迷宮都市を狙うなら、ケーンズ王国の王都を落とさないと来られないからね」

モーラも参加していたのだろう。

「なるほど」

迷宮都市は、この世界というより、この大陸の南西にある。それを塞《ふさ》ぐように王都があるので、迷宮都市に直接攻め込むには船を使うしかない。だが、船を使って上陸するといきなり森になっていて、迷宮都市に到達するまでに魔物の被害に遭《あ》う。

（そう考えると、世界を見て回ってから拠点を、とも……いや、世界中に拠点を持てばいい）

「いや、第一の拠点はここにしよう。人種差別が少ないのは大きな利点だし、迷宮もあるから、最悪そこで稼げる。それに、他の土地に拠点が欲しいなら、また買えばいいんだ」

「かしこまりました」

メイがうなずく。

とりあえずの大金の使い道が決まった。

ならば、まずは防具屋のザルバの店へ、と思った矢先に——

コンコン。

「ん？」

ここには四姫桜全員がいる。宿の従業員か？

「こちらは四姫桜、ヨシトが宿泊している部屋か？」

ドアの外から声がした。

みんなで顔を見合わせた。四人がうなずいてモーラがドアを開ける。それ以外は警戒態勢に入る。

カチャ。

そこには、頭以外全身に鎧《よろい》を着込んだ騎士が立っていた。部屋の中からは見えないが、どうやら数人で来たようだ。

「私の名前は、スマートフォと言う。ハルート＝デッセンブルグ辺境伯《へんきょうはく》様の近衛《このえ》隊長をしている」

「「スマホ？」」

俺とアリサが反応する。

「この度、四姫桜がプラチナ級に昇進《しょうしん》したことを受け、辺境伯様は祝の宴《うたげ》を開催《かいさい》することにした。ぜひ来られたし」

「それはヨシトだけかい？」

「ん？　貴様は？」

「あたしはモーラ。もちろん四姫桜さ」

「今回招待しているのはヨシトだけだ」

メリッサが俺の前に立つ。

「なら出席はしないわ」

「……我らは出席の意向を問いに来たのではない。命令を伝えに来たのだ」

「なら帰りな。出席はなしだよ」

メリッサやモーラの言葉に、スマートフォはあからさまに顔色を悪くする。

「……後悔《こうかい》するのは貴様らだぞ？」

「やれるもんならやってみなさいよ」

メリッサが鼻を鳴らす。

(おいおいおい、なんでこいつら脊髄《せきずい》反射で敵対しようとするの？　まるでラノベみたいだな。辺境伯なら偉いんだろ？　何かいいことあるかもしれないじゃん。それに、敵対するならここじゃない)

「まてまてモーラ、メリッサ。その便利そうな名前の人の話を聞いてみよう」

スマホは、ムッと眉をひそめた。

「あんたの仕事は俺たちと敵対することじゃない。宴《うたげ》に招待しに来たんだ。そうだろ？」

「……そうだ」

「俺たちも敵対したいわけじゃない。でもな、プラチナ級になったのは、こいつらさ。俺はいくらでも代わりの利《き》くただのポーターだよ。プラチナの祝いなら、全員招待してくれてもいいんじゃないか？」

「だが……」

スマホは、困惑の表情を浮かべる。

「いやいや、スマホさんも近衛の隊長でしょ？　それならものすごく偉いはずだ」

「スマートフォだ」

「あんたの裁量でたかが四人増えてもいいはずだ。そのくらいの裁量《さいりょう》は持ってるはず。なんせ天下の辺境伯様の近衛隊長だもんよ」

「ま、まあ、そうだが……」

簡単そうだ。この程度のおべっかで、顔が緩《ゆる》みはじめる。

「辺境伯様は懐《ふところ》が深いと聞いてるし、四人くらい増えても問題ないって！」

「まあ、そうだが」

「辺境伯様はとても器がデカいんだ、たかが女子供が四人増えたところで問題あるかな？　たったそれだけで、スマホさんの仕事は円満解決。だろ？」

「スマートフォだ。……だがまあいい。武器の所持《しょじ》は認めないぞ？」

「当たり前だよ。俺たち敵対しに行くんじゃないんだから。ご飯に招待されるのに、武器なんて」

「そうだな。では明日の夕暮れに迎《むか》えにくる」

「はい！　待ってますね！」

騎士たちは帰っていった。

モーラは怪訝《けげん》な顔で俺に問う。

「ヨシト、あいつはそんなに強かったのかい？　あたしは貴族と関わるのはやめた方がいいと思うよ」

「いや？　くそ雑魚《ざこ》だよ。モーラなら瞬殺だ」

メリッサは腰に手を当て、忠告してくる。

「罠《わな》よ？　子爵のときと大して変わらないと思うわよ？」

「そうと決まったわけじゃないけど、そうかもな。それに、何か得するかも」

メイはさほど心配してはいないそうだ。

「武器は持ち込まないのですか？」

「あはは、持ち込むに決まってんじゃん」

アリサは眉をよせる。

「お兄ちゃん、なに考えてるの？」

「あのな」

俺は椅子に座って、足を組む。

「ケンカをするときはこんな遠くでやるもんじゃない。拳が届く距離じゃないとな――」


全員が納得したところで、俺は話を続ける。

「なら、まずは服だな。ドレスを用意しよう」

「戦いに行くんじゃないのかい？」

「お前ら意外と血の気《け》が多いよな」

「だって！　ヨシトを守らないと……」

「大丈夫だから。よく考えろよ？　辺境伯を目の前にして、アリサが白光《びゃっこう》を唱えたらどうなると思う？」

「「「…………」」」

モーラたちはあの熱波を想像したのだろう。そりゃそうだ。

あれを屋敷で放ったら、それだけで生物は消える。大軍がいたとしても関係ないだろう。

「な？　最悪、皆殺しにして他の国に行ってもいいんだから。でも、もしかしたら美味《おい》しい話かもしれないじゃん。死ぬことはないんだから、気楽に行こうぜ」

（俺もこの世界に着いたときはかなり警戒していた。だが、今の面子《メンツ》がいて、そうほいほい負けるとは考えられない。むしろ、こっちが虐殺《ぎゃくさつ》する立場だろう。ほぼアリサのせいで）

「わかったわ、お兄ちゃん。私に任せて」

「おう」

「ご安心ください。私はまだ本気を見せておりません」

「知ってるよ。基本は回復魔導師だもんな。ちゃんと何があってもいいようにしてるんだろ？」

「っ！　ヨシト様……」

メイは、自分がサボってるのではないとわかってもらえていて、相当嬉しそうだ。目がとろんとした。

「仕方ないね。あたしがいるからには、誰も近寄らせないよ」

「モーラ、先手は打つなよ？　あくまでも向こうが先に手を出したという状況を作るんだ」

「私もヨシトを守るわ」

「お前が一番心配だ、メリッサ」

「っ！」

俺がメリッサに釘《くぎ》を刺すと、彼女はビクッとした。

「違う違う！　強さとかじゃない。実はお前が一番ケンカっぱやい。相手を煽《あお》ったりするし。少し様子を見るからあんまり口を出すなよ？」

「うん……」

「でもいざとなったら頼りにしてる。お前の方が俺より口が上手いからな」

「わかったわ」

（よし、メリッサも笑顔になった。後は楽しんでいこう。主に四人のドレス姿を）

そうだ。こいつらはいつも同じ服を着ている。メリッサはスカートが多いし、モーラはビキニアーマー、アリサはホットパンツで、メイは超スリットローブと、みんなエロくていいんだが、さすがに見飽《みあ》きてしまう。たまには違う服を見てみたい。

「俺はお前らが着飾ったのが見てみたいんだよ。……見せてくれるか？」

「「「「っ！」」」」

全員が反応した。

「お兄ちゃん、私のドレス姿を見てね！」

「ヨシト様、じっくりご覧《らん》ください。そして脱《ぬ》がしてください」

「しゃ、しゃーねーな～、こんなあたしのドレス姿が見たいって言うなら見せてやるさ」

「ヨシトのためじゃないんだからね！」

（チョロすぎんだろ……）

とりあえず、ご機嫌《きげん》になってくれるのはいいことだ。

◇

俺が知ってる高級な服屋といったらあそこしかない。あまり仲よくはしたくないんだが、時間もないので、キャサリンの店に行くことにした。

「いらっしゃい、あらぁ～～～、どんだけぇ～～、久しぶりなの～♪」

「キャサリン、今日はこいつらにドレスを頼みたいんだ」

キャサリンは少ししなをつくり、頬《ほお》に指をあてる。

「あらあ、もうお金持ちになったのね。さすが私が見込んだだけあるわね♪　それに、喋《しゃべ》り方も男っぽくなっちゃって♪」

「………」

（そうだな……あの頃はもう少し弱腰だった気がする。メリッサとかモーラたちと普通に話してる間に、いつのまにか喋《しゃべ》り方が変わっていたわ……）

「明日の夕方までにできるか？」

「オネエさんに任せて♪」

「ああ、オネエさんに任せるよ」


モーラたちはそれぞれドレスを探しに行った。前回は気づかなかったが、奥にドレス専用ルームがあるらしい。

その間にキャサリンがやってくる。

「アタシの名前を誰に聞いたの？」

キャサリンは、うふん、と俺のそばに立つ。

「あー、すまん。忘れちゃった」

「そう、いいわ。アナタから売ってもらった服、まだあるわよ？」

「え？　まだ売ってなかったのか？」

「あなた、お金持ちになりそうだったからね♪　だから、貸付のつもりだったのよ」

それはびっくりだ。本当にフラリと入った店で、何の得もさせてないのに。

「……なんでそこまで」

「あ～らっ、そんなにおかしいかしら？　でも、買い戻したいでしょ？　それに、売り上げにも貢献《こうけん》しに来たわ。アタシは損してないわよ♪」

「…………」

まさかまさかである。キャサリンの言ってることも多少は本音はあるだろう。だが、ほぼ確実に俺のためだ。

「ありがとう……」

「お礼ならベッドの上でしか受けつけないわ♪」

「やっぱここは危険だ‼」

しばらくすると、モーラたちが出てきた。

「……綺麗《きれい》だ」

一番印象が変わらないのがメリッサ。

彼女はミニのドレスだった。膝上十五センチほどの丈《たけ》だ。生地《きじ》の色は白で、可愛《かわい》らしいフリルがたくさんついている。胸元をU字に大胆《だいたん》に開きつつも、可愛《かわい》らしさを演出している。ほぼいつものワンピを丈《たけ》をちょっと長くして、フリルをつけただけなのだが、犬耳についた黄色いリボンが可愛《かわい》らしい。

次はアリサ。

お得意のホットパンツをやめて、真っ赤なワンピースなのだが、まず丈《たけ》が尋常《じんじょう》じゃない短さだ。いや、通常の状態でパンツが見える丈《たけ》だ。だが、スカートの中にはふんだんにフリルが入っており、おかげでスカートはフワッと花のように広がっていて、パンツが見えないようになっている。ウエストがキュッと締《し》められ、炎のように真っ赤だが、子供のような可愛《かわい》らしさが演出されている。

メイは「コレ、アリなの⁉」って服だ。

一言で言えば、チャイナドレスだ。淡《あわ》い水色をベースに、白い雪の結晶《けっしょう》が舞っているチャイナドレスで、胸は一切解放されず、ぴっちりと首まで閉まっている。

だが、腰までのスリットが両サイドに入っていて、もう、歩けばパンツ見えるだろ‼　って具合だ。

……え？　お前、穿《は》いてるよな？　安心していいよな？

最後はモーラだ。

これはヤバい。普段のモーラを知ってると余計にヤバい。

淡い緑のウエディングドレスとでもいうのだろうか。

首から胸の上部まで一切布がない。肩がまるだしの状態で、ウェストをコルセットのように締め上げ、豊満な胸が今にもこぼれそうだ。

足は一切露出《ろしゅつ》がないが、モーラのドレス姿の破壊力は、その程度は関係ない。

それと、髪を結《ゆ》っている。いつものポニーテールじゃなく、つるっとキレイ目に上品にあげているので、うなじがめちゃくちゃセクシーだ。


俺は四人から一切目を離さずに言う。

「キャサリン、いくらだ」

「全員分で白金貨四十枚よ」

「買った」

「ちょっと、お兄ちゃん!」

「うるせえ、ほら、キャサリン」

俺はまだ四人から目を離さずに、キャサリンに亜空間倉庫から金を払う。

「うふっ、さすがね。あなたから買った服はサービスでタダで返しちゃうわ♪」

あのシャカシャカジャージは大金貨二十枚だった。白金貨二枚か。五パーセントサービスなら気にせず返してもらおう。

モーラが少しうつむき加減で照れながら、首を傾げて俺を上目遣《うわめづか》いで見る。

「ヨシト……大丈夫だろうか？」

「大丈夫だ。むしろここで押し倒したいくらいだ。すごく綺麗《きれい》だよ、モーラ」

モーラは顔を真っ赤にして床に目線を落とす。

いつものサバサバしたような感じから、一気にしおらしくなり、ギャップにクラクラする。

（なにこいつ！　俺を殺す気か⁉　惚《ほ》れてまうやろおおおおお！）

だが俺は冷静にならざるを得ない。

それは、半眼で俺を睨《にら》む六つの目があるからだ。

「お、お前ら全員綺麗《きれい》だよ！」

「「「ギルティ‼」」」


今日の夜の護衛はメリッサだった。

メリッサとはスキルの話をしながら寝ようとしたのだが、俺とアリサの故郷がどんなところなのか、親は、友人は、とか根掘《ねほ》り葉掘《はほ》り聞かれた。

メリッサのためには、一日でも早くスキルを覚えられるように、スキルにまつわることを話した方がいいとは思う。

だが、楽しそうに俺の話を聞く笑顔を見ると、今はこれでいいんじゃないかと思えた。

そうだよ、戦いばかりが異世界じゃない。こんな夜があってもいいだろう。

◇

次の日、日が傾《かたむ》き出した頃、辺境伯の迎えの馬車が来る。

四人はそれぞれにドレスに着替えている。

「ヨシト様、お迎えにあがりました」

迎えは便利そうな名前の近衛隊長じゃなかった。

執事《しつじ》のような男と護衛らしき騎士が三人だけ来ていた。

「ああ、ありがとう」

「はい、ではお乗りください」

「おう」

五人で高そうな辺境伯の馬車に乗る。

さすがに、辺境伯ぐらい偉い人の屋敷に食事に招《まね》かれて魔物を連れていくのはどうかと思い、シマは宿に残した。

屋敷に着く。デカイ。迷宮都市の領主だけあり、屋敷を囲う壁はまるで城壁《じょうへき》のように高かった。

客だというのに剣呑《けんのん》な目つきで俺たちを見る兵士に案内され、屋敷の中に入る。

会食と言われて来てみたが、まずは謁見《えっけん》の間《ま》らしきところに連れていかれた。

謁見の間《ま》には、奥に王様が座るような椅子があり、俺たちはその椅子から十メートルくらい離れた場所に立たされた。

右から、モーラ、アリサ、俺、メイ、メリッサの順だ。

「私がハルート＝デッセンブルグだ。ここの……というよりも、迷宮都市の領主をしている」

でっぷりとした腹だ。その腹の中には、黒いものがたくさん入っていそうだ。

会食に招待したって顔つきじゃない。

「俺はヨシトだ。ただのポーターだ」

「ではヨシト。本日は祝の宴《うたげ》に招いたのだが、少々困ったことがある。先にそれを片付けたいが構わぬかな？」

「もちろんだ」

さて、何が出てくるやら。まあ、何が出てきても他にも国があることはわかっている。迷宮は気になるが、絶対に入りたいってほどでもない。面倒なら他の国へ行こう。

「つかぬことを聞くが、ヨシトは税金を納めておるか？」

「え、……は？」

色んな想定をしていた。だが、この質問の答えは考えていなかった。ちょっと素《す》になる。

「え？　税金？」

「悪いが調べさせてもらった。そこにいるモーラ、メリッサ、メイ、アリサに関しては、冒険者ギルドを通して税金が納められておる」

俺は全員の顔を見渡す。モーラもメイもアリサも「うん」とうなずいているが、メリッサは「あちゃー」という顔をした。

そんなのは聞いてないと言いたいところだが、それを言ったら、自分から迷い人だと告白してるようなものだ。税金を知らない国民はいないだろう。

「そうですか。物心ついたときから山暮らしで、街では税金がかかるのを失念してました。今から払えばいいですか？」

「そうだな。だが脱税《だつぜい》が発覚した場合は、収入の五倍を貰《もら》うことになっておる」

「五倍……」

税額の五倍でなく、『収入』の五倍と来たもんだ。そんなの払えるやついるのか？　あからさますぎる。

見えてきた。

（あー、ラノベの異世界はなんて簡単なんだ。こんな脱税の罪も吹っかけられないし、ハーレムではやりたい放題よりどりみどり。俺は来る異世界を間違えた……）

「ヨシトの収入を調べたところ、黒金貨二枚と白金貨四十五枚の収入があることがわかった」

「なるほど」

「ついては、五倍の黒金貨十二枚を納めてもらいたい」

「なるほどなるほど」

「今日払えるならそれ以上は言わんが、以降は延滞金《えんたいきん》も払ってもらわねばな」

「一つ聞いていいですかね？」

「……なんだ？」

黒金貨十二枚なんて払えるわけがない、インフレしすぎである。もしかすると、本当にこの国の法律かもしれないが、こんなの呑《の》めるわけがない。なら、こっちの出方も決まる。

俺は目を細めて、辺境伯を見る。

「冒険者ギルドはグルですかね？」

「……グルとは言ってくれる。私は法にのっとって話をしている」

「じゃあ、払えない場合はどうなります？」

「払える分だけ貰《もら》い、後は労働で返してもらうことになる。もちろん逃亡を防ぐため、拘束させてもらうことになるが」

「なら、払わずに他国に行くという手もあると思いますが？」

「税金は発生している。残念ながら追手《おって》をかけることになるだろう」

「なるほどなるほど。仮にですよ、領主様」

「仮にだな、なんだ？」

「仮に俺が逃げたとして、追手が来て、俺が殺したらどうなります？」

「ヨシトの家族に責が飛ぶ。家族がいないなら同パーティーに、同パーティーも逃亡するなら同パーティーの家族に責を飛ばすことになる」

「「「「…………」」」」

見なくてもわかる。モーラたちの怒りが膨《ふく》れあがっている。俺の隣のメイからは、ひんやりとした冷気を感じる。武器を持たないモーラは、直立のままかかとを少し浮かせた。すぐ動けるようにだ。メリッサは俺と一番早く出会っている。迷い人とわかっているのだから、税金に気づかなかった自分を責《せ》めるような顔をしている。アリサは……彼女のドレスは風もないのにゆらゆらと裾《すそ》がゆっくりはためいている。

「なら仮にですよ？」

「うん、仮にだな」

俺はなんでもない質問をする顔で、辺境伯に問いかける。

「そうなったら困るから、俺が今ここであなたたちを皆殺しにすると言ったらどうします？」

「「「なっ！」」」

騎士たちも一斉に殺気だつ。周囲から怒号《どごう》が飛び交う。

だが、辺境伯はそれを手で制した。

「うろたえるな。仮にの話だ」

ヤバいな、これで激昂《げきこう》しないとは……。できれば向こうから先に攻撃されたかった。

これは苦戦しそうだ。

「そうだな、それは困るな」

「でしょう？」

「なら私も仮にの話だ」

「……どうぞ」

「すでに暗殺者がお前らの首を狙っていると言ったらば、どうする？」

「それは簡単ですね」

「……なんだ？」

俺はここ一番の凄《すご》みをきかせ、辺境伯に言う。

「全部まとめて灰にするだけですよ。暗殺者も、あなたも、この屋敷もね」

「できると思ってるのか？」

「確実にできますね。試します？　結果が出たときは死んでますけど」

「…………」

◇

暗殺者とは、この世界で一対一では最も恐れられているものだ。なぜか？　攻撃されることに気づけないからだ。

それなのに、目の前の男は確実に灰にできると言い張った。既に首元に刃をつきつけられているに等しいのに、できると言っているのだ。

辺境伯は額に少し汗をかいてはいるが、表情は最初と変わっていない。

「ふむ。それは困ったな………和解案はあるのか？」

「それこそそちら次第でしょう。俺たちはケンカしに来たのではないので」

はっきり言って、辺境伯はビビったのだ。

どんなに強い冒険者でも暗殺は恐ろしい。

見えない毒針を飛ばされて、首でなくとも、膝裏に刺さっただけでも死ぬ。

そんな攻撃力を持った相手に、構えもしないで余裕を見せられるやつはいない。

殺してしまえばいい。そう思う気持ちが湧《わ》き上がるが、もし本当にヨシトが反撃できたとしたら、自分は死ぬことになる。

元より殺すのが目的ではないのだが、こうも堂々とされると癪《しゃく》に障《さわ》る。だが、辺境伯はそれ以上の恐怖を肌で感じていた。

「……お前は怖くないのか？」

「怖い？　あははは。怖いですよ。こいつらやりすぎるから」

ヨシトは首を傾げておどけてみせる。

「約束してるんですよ」

「……何をだ」

「もう屋敷を更地にするのはやめろと。せっかく作ったこんなに立派なお城、更地になっちゃったらもったいないでしょう?」

「…………」

辺境伯は、ミッシェル子爵の領地を思い出した。瓦礫《がれき》の一つも残らず、綺麗《きれい》に更地になった屋敷跡《あと》。

ミッシェル子爵の事件を揉《も》み消したのは辺境伯だった。ヨシトがありえない容量の亜空間倉庫を持っているのは知っている。それだけではない。情報を集めれば集めるほど、喉から手が出るほど欲しい人材だった。アースリザードを易々《やすやす》と討伐し、ワイバーンまで完品で持ち帰ることができる能力、それに屋敷を更地にする魔法。一体どれほどの利益を生み出せ、どれほど戦争に役立てられるだろうと。

もし、自分の思い通りにならないのならば、しかも他国に行かれてしまっては、結果的にこの国の損失《そんしつ》、危機とも言えるだろう。その場合、ヨシト以外は殺してしまおうとも考えていた。

辺境伯はヨシトたち全員に視線を流す。

「…………」

辺境伯はとめどなく冷や汗を流す。

そして、思い留《とど》まった。いや、思い留まらされた。

「す、すまぬな。新しいプラチナ級はどんな人間か知りたくてな。ちょっとした余興《よきょう》だった。許せ」

「ええ、元より仮にの話です。俺らは飯を食いに来ただけなので」

辺境伯は深くうなずいた。

「わ、私は着替えをしてから行く。食堂で先にワインでも飲んでいてくれるか?」

「お気遣《きづか》いありがとうございます。そうさせてもらいますよ」

辺境伯は青い顔をして、騎士や文官たちとともに奥に下がっていった。

◇

遡《さかのぼ》ること数時間前——

ここは迷宮都市のメインストリート、俺たちは屋台巡りの最中だった。

「お? 兄ちゃん、久しぶりだな!」

前にワイルドボアの串焼きを買った屋台の店主が声をかけてきた。

「いやいや、それはこっちのセリフだよ」

「ガハハ！　ちょっと仕入れに手こずってな、でも今日は百は用意したぜ！」

「……おっちゃん、ちょっと相談なんだが」

「なんだい兄ちゃん？　またどっかの場所が知りたいのか？」

「いや、金額は倍払う。だから、それ全部売ってくれないかな？」

ここの串焼きは美味《うま》い。非常食としても、シマのエサとしても、いくらあっても困ることはない。亜空間倉庫で保存が利くのだ、備《そな》えをしておくのがいいだろう。

「っ！　……本気かよ……」

「ああ、本気だな」

「俺も商売だ、買いたい客には売る。それに、元々銅貨五枚って高い値段だ。倍はいらねえよ」

「ダメだ。他の客もおっちゃんの串焼きを待ってる。おっちゃんが屋台を休めば、せっかくのリピーターも他に流れちまう。十倍って言ってるわけじゃない。むしろ倍は、買い占《し》めの必要経費だよ」

おっちゃんは少し涙ぐむ。

「嬉しいこと言ってくれるぜ、大丈夫だって言いたいとこだが、兄ちゃんの漢気《おとこぎ》を潰すのも忍《しの》びねえ、ありがたく貰《もら》うぜ」

「じゃあ、一回りしてくるから焼いといてくれ。ありがとな」

「おう！　一時間くらいで戻ってこい！」

さて、辺境伯の会食はどんなものになるだろうか。だが、ラノベでよくあるパターンで、会食は口実《こうじつ》で、捕らえて隷属《れいぞく》させようとかしてくるんではなかろうか。

ならば、俺もテンプレでお返ししてやろうと思う。

もちろん、本当に祝いの会食だけならば、喜んで縁を結《むす》ぶが。後ろ盾になりそうなものはあって損はない。

「ヨシト様、何かお考えですか？」

「あ、メイ。あー、いや、まあ、今日は会食だけってことはねーだろうなあ、とな」

「なるほど。ですが、モーラもいますし、アリサもいます。問題ないのでは？」

「いや、そうだけど、お前らやりすぎるし、万が一ってこともある。お前らより強いやつもいるかもしれないだろ？　それに、毒殺や暗殺者の用意だってされてるかもしれないだろ」

俺が鑑定で、道行く人やギルドの職員、冒険者などを見た限りでは、メイたちに敵《かな》いそうなやつはいない。だが、絶対ではないだろう。

「なら、これはどうでしょう？　エルフの秘術で、魔法を唱えておいて発動させずに、きっかけを与えると即発動させられるものがあります。今回は私は両手を結んでおきます。それを離した瞬間、私の魔法が瞬時に発動するというのはどうですか？　それならば、暗殺者が動くよりも早く魔法を発動させられます」

「……え？　できんの、そんなこと！」

「はい、お任せください」

中身が残念すぎて忘れてしまってるが、メイは百歳を超えるハイエルフだ。スペックはこの上ないほど高いのだ。

「なら、暗殺者が吹き矢とかで襲ってきたりしたらそれも迎撃できるか？」

「アブソリュート・ゼロでも、さすがに飛来してくる矢の勢いを殺すことまではできません」

「まあ、そりゃそうか」

矢が冷たくなっても、速度が死ぬわけではない。それはそうだろう。

「ですが、氷結牢獄《アイスプリズン》でしたら即時効果が出ます。全方向の氷の壁を想定してください。手を離した瞬間、氷の壁で私たち全員を瞬時に覆《おお》い、暗殺者から身を守ったあと、ゆっくりアリサの魔法で灰にするのはどうでしょう？」

そこへ、アリサが入ってくる。

「そうね！　それで私の詠唱《えいしょう》の時間が稼げるわね。その間に私の周囲にいてくれたら、それだけで全てが終わるわ！」

モーラが俺の肩に手を載《の》せる。

「ヨシト、あたしもいるんだけどね。任せな、矢でもなんでも絶対に全部叩《たた》き落としてみせるさ。メイ子のその魔法は、保険としてとっとくのがいいんじゃないか？　何事も二重、三重さ」

「あー、そうだな」

俺は役割がなさそうなメリッサが気になって様子を見ると、

「平気よ。鍛錬《たんれん》は始めてるわ。今はサポートに徹《てっ》するわ」

と、晴れやかな顔で言った。また気に病《や》んでるかと思ったが、ある程度は吹っ切れたらしい。

◇

そのあと屋台に戻って、たっぷりと醤油《しょうゆ》ベースのたれがついた串焼きを受け取ってから宿に帰り、会食の時間を待った。

「あのような無礼者《ぶれいもの》、殺してしまえばよかったのです！」

「バカか貴様は‼　だから貴様は使えんと言うのだ‼」

ハルート＝デッセンブルグ辺境伯は、ヨシトに食堂へ行くよう促したあと、幹部《かんぶ》の騎士や魔導師、文官たちを連れて自分の執務室《しつむしつ》に戻っていた。

辺境伯は背中だけでなく、全身汗びっしょりになっていた。

「見ろ、魔導師たちを‼　あれほど怯《おび》えているのが見えんのか‼」

辺境伯に怒鳴《どな》られているのは、便利そうな名前の近衛騎士《スマートフォ》だ。

「しかしハルート様、本当にやつらはそんな力があったのでしょうか？」

後ろに控《ひか》えていた文官の一人が、辺境伯に物申す。

「あの女の子供の手を見たか？　あれは力の勇者の紋章だ。くそっ、ただの凄腕《すごうで》魔導師だと思ってたのだがな。ミランダ、説明しろ」

部屋の端《はし》の方で震えている魔導師の一人が、辺境伯に命令されゆっくりと話し出す。

「も、ものすごい魔力です……私はあんなの……あんなの見たことありません！」

ミランダはまた思い出して震え出す。

彼女はこれでも元宮廷魔導師だ。戦争では多大な戦果をあげたこともあるし、『爆炎』なんていう二つ名まで持っている。

「それに、あの手を結んでいた女、あいつの目を見たか？　私は生きた心地《ここち》がしなかったぞ。私はあいつが魔王だと言っても信じるぞ。……ジーズ！」

「……はっ」

誰も意識していなかった部屋の片隅《かたすみ》から、黒装束《くろしょうぞく》に身を包んだ男が急に現れた。

「お前なら、あいつらの誰かをその場で押さえられたか？」

「……無理です。ずっとあの巨人族くずれが警戒していました。一撃いれるのも困難でしょう。吹き矢をうつこともできますまい。きっと私では数秒ももたないと思われます……。それにあのエルフ、既に魔法を準備していました」

「なんだとっ‼」

便利な名前ではあるが使えないスマートフォが怒鳴《どな》る。

「それは明らかに叛意《はんい》です！　やはり今からでも！」

「それができぬと言っている‼　なぜわからん！」

スマホはまだ食い下がる。

「っ、そうです！　料理に毒を仕込みましょう！　追加の料理に仕込めば、今からでも！」

「貴様、首にするぞ‼　もしあの犬人族が毒を見破《みやぶ》ったら⁉　誰か一人しか食べずに他が残したらどうする！　貴様一人が死ねば済む問題ではないのだぞ‼」

「御館様《おやかた》」

ジーズと呼ばれた隠密《おんみつ》の男が言う。

「……なんだ？」

「多分、あのエルフ、結んでいた手を離すと術者が死んでも発動する魔法をこめていたでしょう。エルフの秘術でそのようなものがあると聞いたことがあります」

「ダメ元で一人殺したとしても、こちらが全滅か……恐ろしい……。キャサリンの情報とじじいの情報に差異《さい》がさほどなかったから鵜呑《うの》みにしてしまった……。くそが、あのじじいめ。何がドデカイ亜空間倉庫だけのパーティーだ。子供はやっかいだが、子供さえ押さえてしまえばたいした戦力はないだと？　揃《そろ》って化け物じゃないか‼　確かに、その中でもあの子供は怖かった。あいつの手の甲はずっと力の紋章が輝いていた。いつ魔法を撃たれるかと気が気じゃなかったぞ！」

また文官が辺境伯に進言する。

「リーダーを脱税ではめるのは失敗しました。ですが、逆に女どもから罠《わな》にかけてはいかがでしょう？　借金を背負《せお》っている女がいるとの調べもあります」

辺境伯は、ヨシトと対話して、なかなかやっかいな男だと思った。女からなら、それに借金があるなら、やりようがあるかもしれない。だが踏ん切れない。ここで安易《あんい》に行動に移さないところが、この辺境伯の優秀《ゆうしゅう》さだった。

　辺境伯はミランダに確認を取る。

「ミランダ」

「はい……」

「あの、勇者の子供の魔法が発動したらどうなる？　どのくらいの規模だと予想する？」

　ミランダはおずおずと言う。

「……言ってもよろしいでしょうか？」

「早く言え！」

「はいっ！　……多分、跡形《あとかた》も残らないかと……」

「何がだ？　ははっ、まさかこの迷宮都市もろとも消えるか？」

　辺境伯は馬鹿にするように笑った。

「いえ……ケーンズ王国がです……」

　辺境伯はミランダの力に絶大《ぜつだい》な信頼を寄せている。ミランダがそう言うなら、話半分でも迷宮都市が滅ぶどころではない。

　辺境伯は顔を真っ赤にして、自身の執務机を思いっきり叩《たた》く。

「っ‼　やってられるか‼　私は降りるぞ‼　なんとしてもやつらの機嫌を損《そこ》ねるな‼

無傷で帰すのだ！　金輪際《こんりんざい》やつらには関わらん！」

◇

「遅《おそ》くなって申し訳ない。楽しまれてますかな？」

辺境伯が着替えて食堂にやってきた。

「いやあ、こんな美味《おい》しいワインは初めてですね。料理も美味《おい》しい」

「ははは、そう言ってもらえると、招いた甲斐《かい》があるというもの」

「そういえば辺境伯様、俺は税金をいくら払えば？」

「っ。ああ、それは今年はなしでいい。またギルドから適正な金額が通達されるので、安心してもらいたい」

「そうですか」

辺境伯との話を切り上げ、俺たちは食事を堪能《たんのう》する。もちろん、メリッサの嗅覚《きゅうかく》で毒は入ってないと判断したからだ。

「それでヨシトよ」

「はい」

「先程の戯《たわむ》れの詫《わ》びというか、知己《ちき》になる記念に、ちょっとしたものを用意しておる。受け取ってくれ」

辺境伯がパンパンと手を叩《たた》くと、台車を押した執事が入ってきた。台車には五十センチぐらいの岩が載っている。

「……これは？」

「それはミスリルだ」

「「「「えっ！」」」」

俺たちはみんな驚いた。モーラたちも精製前《せいせい》のミスリルを見るのは初めてのようだ。

「ああ、まだ精製前なのだ。それがあと一トンぐらいある。一トンあれば、精製してもちょうど五人分の装備にはできるだろう。使わぬか？」

「マジで!!」

やはり、ケンカは拳の届く距離でするものだ。ほら、いいことがある。

「ああ、いや、いいんですか？」

「ああ、構わぬ。これは、これからも懇意《こんい》にしたいという贈《おく》り物だからな」

「はい、はい、ありがとうございます！　仲よくしましょうね！」

俺たちは大量のミスリルの原石を貰《もら》って、宿に送ってもらった。

第二章　ヨシト、ドラゴンと遭遇《そうぐう》する

領主の屋敷から俺の部屋に戻って、改めて今日の夜間護衛に来たモーラを見る。

「ヨシト、と、とりあえず落ち着きなよ。あっ、ワインがあるね。飲むかい？」

うす緑のベアトップのウエディングドレス。

小麦色に焼けた肌が、うす緑のドレスを引き立たせている。

普段ビキニアーマーを着ているのに、艶《なまめ》かしい首筋と肩、胸には傷一つない。

コルセットで締めているので、今にもこぼれそうな大きな胸と尻が際立《きわだ》つ。俺はモーラの色気《いろけ》に負けて、ドレスのまま護衛に来てくれることを頼んだのだ。

モーラのドレス姿はあまりにも魅力《みりょく》的で、劇薬《げきやく》のように俺を刺激した。

この世界は、可愛《かわい》くて胸が大きい女性が多い。

道行けば、グラビアアイドルになれそうな女性が、そこかしこに歩いているので、はっきり言って見慣れた。

美人は三日見ると飽《あ》きるとかよく言われるが、そういうことではない。希少《きしょう》価値なのだ。世界の女性が皆可愛《かわい》くて、胸が大きいと、貧乳《ひんにゅう》の女が欲しくなるものだ。

そんな美人だらけの世界の中でも、今日のモーラは特別だった。

ギャップ萌《も》えだ。

そんなモーラが、上半身を屈《かが》めてワインをグラスに注ごうとするのだから、小麦色の果実が零《こぼ》れないように、俺が手で受け止めるべく構えても、なんら不思議ではない。

「……なにしてんだい？」

「いや……零《こぼ》れるかと……」

「零《こぼ》れないようにできてるよ。心配いらないさ」

もう少しで果実に触れそうだった手をどかすと、モーラはまたワインを注ぐ。

うなじが……。赤茶色の髪のいつものポニーテールは、貴婦人のようにアップにまとめあげ、普段の数倍の色気を醸《かも》し出す。

「ほら、飲みなよ」

「あ、ありがとう……」

二人で立ったまま、温《ぬる》いワインを飲む。

俺の身長は百七十五センチ。モーラは、俺がほんの少し見上げる形なので、百八十センチくらいだろうか。

向かい合って立つと、自然と胸に視線が行ってしまう。それに気づかない女はいない。

モーラは顔を赤らめ、左手で少し押さえるように、自身の胸に手を当てる。

「……あまり見るんじゃないよ」

「無理だ……。綺麗《きれい》すぎる」

俺はグラスをテーブルに置き、モーラのグラスも取り上げて置く。

そしてモーラの両手首を持ち、胸を隠さないように押さえた。

「っ！」

俺はモーラの目を見つめる。

モーラは真っ赤な顔のまま、目を逸《そ》らす。ダメだ、もう我慢《がまん》ならん！　ハーレム？　パーティー内のトラブル？　そんなのどうでもいい！

俺はゆっくりとモーラに顔を近づけていく――

「あ、あたしは‼」

俺の戦いは、始まる前にモーラに制止された。何かを言いかけているが、これを言わせたらこの戦いは終わってしまうと、俺の本能が言っている。余計なことを言わせないように、畳《たた》みかける。

「一応聞くよ。他に男が？」

「……いるわけないよ」

「俺では不満か？」

「まさか」

「なら」

「手、離しとくれよ……」

「あっ、ああ」

俺はモーラの両手首を持ったままだった。モーラの手首に跡《あと》がついている。

モーラがベッドに座ったので、俺も隣に座る。

二人の間に沈黙《ちんもく》が流れる。

「あたしは二十三だよ。もうすぐ二十四だ。行き遅れさ」

「そうか、なら誕生日《たんじょうび》を祝わないとな」

「メリッサやアリサみたいに、若くない……」

「お前は綺麗《きれい》だ……誰とも比べられない」

女はなぜ、このタイミングで引っ張るのか。

そんな、事前情報でわかっていることをぶらさげられて、「はいそうですか」とここから引き下がるとでも思ってるのだろうか？

「モーラ……」

俺はモーラの剝《む》き出しの肩を、触れるか触れないかくらいで優しく撫《な》でる。

「っ！　……ダメだよ……」

「モーラ……」

俺は二の腕から肩、背中へと手を這《は》わす。

「はっ……ダメだってヨシト……」

「モーラ……」

背中から首筋、首筋から逆側の耳へと手を滑《すべ》らせる。

「あっ……」

そのまま顔を抱き込むように頰《ほお》へと手を滑《すべ》らせ、ぽてっとした柔《やわ》らかな唇《くちびる》に指先だけを当てる。

「っ……」

モーラの顔をこっちに向けるように、ゆっくりと顔を押す。

モーラも力を入れずにそれに自然に従う。

そして、俺とモーラは見つめ合う。

「「…………」」

心の準備をさせるようにゆっくり、焦《じ》らすように、顔を近づけていく。

そして、モーラは瞳を閉じた。

瞳を閉じた瞬間、モーラの唇《くちびる》から言葉が漏《も》れる。

「あたしは巨人族の女さ、……いいんだね？」

「……は？」

意味不明なことを言われて、俺の動きは止まった。

止まってしまった。

モーラの目はゆっくりと開かれる。いつもよりもまして、するどく、真剣な目だ。

「巨人族の女と番《つがい》になる覚悟があるんだよな？」

「か、覚悟って？」

少し声が裏返ってしまった。

モーラは答えない。

くそ、この期《ご》におよんでなぜこんなことを……

雰囲気《ふんいき》から察すると、要は「自分一人に決めたのか？」ってことか？

考えよう。

（アリサは妹だからよしとしても、メリッサはどうなのだろうか？　契約があるから大丈夫か？　ならメイは？　ダメだな。モーラだけと俺が決めたなら、メイは怒り狂うに違いない。もしかしたらパーティーを抜けるか？　いやいや、そんなことを言ったら、メリッサもダメか？　そして、メイやメリッサの対応にまごまごしてたら、モーラもキレだすかもしれない。覚悟ってパーティーが空中分解してもいい覚悟か？　そんなのはあるわけない。なら、俺のこの気持ちは性欲に負けただけ？　そんなつもりはない、そんなつもりはないが、覚悟って言われると、そんな大それた覚悟は――）

俺は思考にふけっていると、モーラが口を開いた。

「時間切れだよ」

そう言って、壁に立てかけてある自分の剣を抱くようにして、椅子に座った。

「あ、あのモーラ……」

勇気を振り絞《しぼ》って話しかけるが、モーラは『話しかけるなオーラ』を全開にしつつ――も、なんとか答えてくれた。

「大丈夫、怒ってはいないさ。ヨシトも男だし、迷い人だからこの世界のこともわからない、仕方ないさ。でもあたしも一応女だからね。ここでやめられるのは面白《おもしろ》くはないさ。今日はほっといてくれるかい？」

「あ、ああ……」

俺は一人でこそこそとベッドに潜り込んで寝た。

◇

次の日の朝食時、また四人だけで一つのテーブルに座り、なんやかんや言いあっている。女どもだけの会議だ。

横目で見ていると、モーラは身振り手振りを入れながら、昨日の夜のことを詳細《しょうさい》に語っているようだ。チラホラと「クズ」とか「ヘタレ」とかの言葉が聞こえてくる。

ああ、たしかにクズだ。

全員を娶《めと》る覚悟もなく、一人に決める覚悟もなく、ただただ性欲に流されそうになっただけだからな。好きに言えばいいさ。

でも話しているモーラが、心底楽しそうに報告してるのを見て、今はこれでいいかと思った。

まるで学生に戻った気分だ。

学生のときは女っ気《け》はなかったが。

◇

俺は会議を終えたみんなを集める。

「今日は昨日貰《もら》ったミスリルを持ってザルバの店に行こうと思う。まだ原石だからどうなるかわからないが、採寸とかもあるだろうし、みんなで行こうか」

「ヨシト、マイア商会もついでに行きましょ」

「そうだな、メリッサ」

全員でザルバの店に行く。

「ずいぶん有名になったな」

ドワーフのおっさん、ザルバだ。

「え？　そうなの？」

「ああ、今一番話題に上がる」

今日のザルバは饒舌《じょうぜつ》だ。モーラはザルバに話しかける。

「ザルバ、久しぶりだね」

「……こいつがか？」

「ああ。そうだよ」

「……そこまでには見えない」

「あたしは賭《か》けるよ」

「…………」

ザルバは俺を睨《にら》む。な、なんだよ。

「今日は何の用だ」

「これを何とかしてもらえるか聞きたくて」

俺は辺境伯から貰《もら》ったミスリルの原石を出す。

ザルバはそれを手に取り、回しながらしげしげと見る。

「なかなか質がいい。どのくらいある」

「え？　わかるの？」

ザルバはギロッと半眼で睨《にら》んでくる。

バカにしてるのかとでも言いたそうだ。

「早く出せ」

「ここでは……一トンって言ってたから」

「なるほど、ついてこい」

溶鉱炉《ようこうろ》に連れていかれるかと思ったが、そこは資材置き場のような空《あ》き地だった。

「ここに出せ」

俺は辺境伯から貰《もら》ったミスリルをすべて出す。それは山になった。

「まずは精製からだ」

「あ、金は？」

「精製したあとでまた来い」

「い、いつ来れば」

ザルバはぶっきらぼうなんだが、その前に言葉が短くて情報が足りない。

「急ぐか？」

「いや、そうでもないけど」

「十日貰《もら》おう」

「わかった。また十日後に」

俺たちが資材置き場を後にしようとすると——

「おい」

ザルバから声がかかる。女性陣は先に行ってしまったが、俺は振り返った。

「モーラが自分より強いと思うな」

「え？」

いや、俺より強いに決まっている。

「あいつは女だ」

ああ。何が言いたいかわかった。身体は強くても精神的には弱いってことか。

どうやら、モーラとザルバは知り合いのようなので、昨日気になったことを聞いてみることにする。

「あのさ、巨人族の掟《おきて》ってなんなんだ？」

ザルバはあからさまに険《けわ》しい顔をしたが、大きくため息をついた。

「巨人族の女は、一度男を決めたら死ぬまで尽くす」

この答えはある程度予想していた。

「なるほど」

「そうじゃない」

「ん？」

「巨人族は寿命が長い。やつはハーフだからそこまでじゃないが、それでも人族の二倍以上は生きるだろう」

「なるほど」

「仮に一度決めた男が先に死んだとする。巨人族の女はともに生を終えることを望む」

「……は？」

一瞬理解が追いつかなかった。

「……それは寿命で死んだとしてもか？」

「寿命でもだ」

「馬鹿な」

「馬鹿だろうが、それが巨人族の女の掟《おきて》だ。一度決めたなら死んでも貫き通す。いかなることがあっても目移りなどしない。そして、未婚《みこん》の巨人族の女は必ず処女《しょじょ》だ。決めた相手以外には決して身体を許すことはないからな。もし相手に捨てられた場合も生きてはいない」

「…………」

とんでもないことを言いやがった。なら、もし盗賊《とうぞく》とかに襲われたら自殺するのか？　怖くて聞きたくない。

いや、待てよ？　なら男は？

「な、なら男は？」

「男は普通と同じだ」

「えっと普通って？」

ザルバはまた顔をしかめた。

「自分の仲間に聞け」

「あ、ああ」

これ以上の話は無理だと思い、この場を後にしようとすると、最後にザルバが言った。

「ただ、自分より強い男には、何をされても全てを許すそうだ」

「……勘弁《かんべん》してくれ」

色々な問題を片付けたかったら、モーラに勝てと。

無茶を言ってくれる……

◇

「ヨシト、次はマイア商会でいいの？」

「ああ、そうだな」

メリッサと二人で先頭を歩き、モーラとメイと、シマに乗ったアリサがついてくる。

すると――一瞬、日蝕《にっしょく》になったかと思うほど空が暗くなった。いや、何かの影か？

「きゃっ、ちょっと！」

アリサが驚きの声をあげた。シマが総毛立《そうけだ》ち、唸《うな》り声とともに空を見上げた。

俺たちもそれに釣《つ》られて頭上を見た。

「な、なんだありゃあ………」

グリフォンのことを大空の覇者《はしゃ》とよく言う。

なら、一体あれは何なのか？

支配者？

神？

悪魔？

なんでもいい。それほどの圧倒感が空を覆っている。

「ドラゴン……」

この世界では、ドラゴンは厄災《やくさい》だ。アースリザードやワイバーン程度なら討伐もある。

だが、本物のドラゴンと分類されるものを討伐できた人間は、何百年と出ていない。

そして、ドラゴンは人を食う。

ドラゴンも魔物なのだ。ラノベみたいに、ドラゴンは友達とか、ドラゴンをペットになんて、あり得ない。絶対的な捕食者《ほしょくしゃ》として食物連鎖《しょくもつれんさ》の頂点に君臨《くんりん》する。それがドラゴンだ。

「とうとう……もう三百年も都市に現れることはなかったのに……」

メイは空を見上げ、絶望《ぜつぼう》のように口にする。

ドラゴンに気づきはじめる住人が多数出てきた。逃げ惑《まど》う者、家にこもる者、あたり一面パニックだ。

ドラゴンは迷宮都市の上空を大きく旋回している。

でかい。アースリザードが子供のようだ。

ジャンボジェットの有名なやつが七十メートルほどのはず。だが上空のアレは、威圧感《いあっかん》もあってか、頭から尻尾《しっぽ》までで百メートルは超えていると思われる。

モーラも不安げに呟《つぶや》く。

「ヨシト……」

「こんなんどうしろと……」

出会ったら終わり。不幸を受け入れるしかない。

誰にでもそう思わせるほどの威厳《いげん》と風貌《ふうぼう》があった。

すると、ドラゴンの体がまばゆく光ったと思うと、姿を消した。

いや、いる。威圧感は消えてない。

ドラゴンがいた上空から何かが降りてくる。

人だ。

それは俺たちの近くまで降りてきて、ピタリと空中に止まった。

『ん？　てめえ……なんでこんなところにいる？』

「喋《しゃべ》った……」

それは、人の形をしたドラゴンだ。

一番近いのは、デパートの屋上やステージで開催されているヒーローショーの敵役の着ぐるみだ。

硬そうな鱗のようなものに全身が覆われており、ドラゴンの顔がそのまま縮小《しゅくしょう》されて、人の頭がある場所についている。背中にはコウモリの羽のような頑丈《がんじょう》な翼が生《は》えており、爪がついた爬虫類《はちゅうるい》のような手足。

『てめえの時代は終わったろうが。なんの未練で這《は》いずり出てきやがった』

「……み、未練？」

『おめえじゃねえよ』

ドラゴンは、地上を這《は》い回る虫けらのような視線を俺に向けたが、すぐに目線を逸《そ》らす。

……シマだ。

「何を言ってるんだ？　お前、シマのなんなんだ？」

『あ゛あ、うるせえ』

ドラゴンが右手をあげる。

――ガイン‼

次の瞬間には、俺の目の前は真っ白になっていた。

シマだ。

シマはアリサを背中から降ろし、俺とドラゴンの間に入って、ドラゴンの攻撃を受け止めたのだ。

ドラゴンの攻撃が俺に連続で降り注ぐ。ドラゴンの腕が残像《ざんぞう》を残しながら動き、シマはその攻撃から俺を牙や足、尻尾《しっぽ》などで守ってくれる。

「シマ、お前……」

無駄飯食いの駄犬かと思っていた。いや、メリッサもモーラたちもシマは強いと言っていたが、ドラゴンの目にも留《と》まらぬ攻撃から守ってくれるほどとは思ってなかった。

だがしばらくして、一旦《いったん》攻防が止まる。

『ヴヴゥゥ』

シマが唸《うな》る――いや、ドラゴンと話している。

『ん？　違う。食いにきたんじゃねえ』

『ヴヴヴヴゥ』

『とんでもねえ魔力を感じたからな。アレはほっとけねえ、均衡《きんこう》が崩れる。……そいつだろ？』

ドラゴンはアリサに目をやった。メリッサが、びくりとしたアリサに寄り添う。モーラとメイが、アリサを守るように立った。

『ヴヴヴヴゥゥゥゥ！』

『がははは、無理だろ！　ラステルの力もここまでは及《およ》ばねえ。だがお前は面倒だ、大人《おとな》しくしてろ』

ドラゴンが右手をまたあげた。

ズガァァァァアン‼

どこからともなく、落雷《らくらい》がいきなりシマを襲った。シマは落雷を受けると、背中をのけぞらせた後、ぐったりと地に伏した。

「シマ‼」

俺はすぐにシマに駆け寄る。

シマはピクリとも動かない。

『死んでねえよ、まだな』

俺はドラゴンを睨《にら》みつける。

「お前、何者だ？」

『虫は黙って――ん？　てめえもか？』

「は？」

「ヨシト‼」

モーラが弾丸のような速度で移動して、俺を突き飛ばす。

何があった？　意味がわからない。

モーラを見ると、肩から血が流れている。ひどい出血だ。メイもモーラに駆け寄り、回復魔法を施《ほどこ》す。

瞬間、俺は目の前がちかちかする。

油断していたつもりはない。シマとのやりとりでとんでもない強さだとわかっていた。

それでもドラゴンがモーラに何をしたのかさえわからなかった。

（俺が甘かった……だからモーラに怪我《けが》をさせた。会話できるからと甘く考えていた。くそが……）

「一回だけ聞く」

『ああ？　だからおめえには聞いて――』

「亜空間倉庫」

『っ！』

今度は見えた。なにやら手からレーザーのようなものを出していた。

それを亜空間倉庫に収納した。

「もう一度だけ聞く。答えなければ無条件で殺す」

二度も殺されかけて、モーラまで肩に風穴《かざあな》を開けられているんだ。殺す理由には充分だ。

殺気の出し方はわからない。だが、殺すと念じながら精一杯《せいいっぱい》睨《にら》みつける。

「お前は敵か？」

ドラゴンは凶悪な顔を歪《ゆが》めてニヤリと笑う。

『……なんだそれ――』

「亜空間倉庫」

返答が気に入らないから、亜空間倉庫をドラゴンを輪切《わぎ》りにするように出した。

だが、ドラゴンは避けた。

(避けられた⁉　マジか。出現ポイントを読んだのか？)

『おもしれえ、おもしれえよ』

「メリッサ、モーラを運べ！　メイ、足止めを！　アリサ、街を壊すな！」

俺が叫《さけ》ぶと、アリサから「なによそれ！」と聞こえてくるが、それどころではない。

メリッサは、メイの魔法で出血が止まったモーラを担《かつ》いで下がっていく。メリッサの顔は青白い。

『がははは、いいぜ、所詮《しょせん》龍と人は戦い合い、食うか食われるかの関係だ、それでいい』

「亜空間倉庫！」

ドラゴンはワープしたかのように、亜空間倉庫の出現位置から避ける。……これはやばい。

「アイス・グラム！」

メイが魔法で作り上げた氷の剣が、無数にドラゴンに飛来する。

ドラゴンはそれを左の掌《てのひら》ですべて受け止める。

「アースメイデン！」

ドラゴンの前後の地面が、トラバサミのように跳《は》ね上がり、ドラゴンを挟《はさ》む。だが既にドラゴンはそこにいない。

……アリサの目の前にいる。本気で瞬間移動か⁉

『おめえ、こんなもんじゃねえだろ……もっと見せてみろ。でなきゃ死ぬぞ？　……なあ⁉』

「亜空間倉庫！」
ガキイイイイン！
アリサの前に出した亜空間倉庫に、ドラゴンの地獄突きのような手刀がぶつかる。
そして、ゆっくりと俺に顔を向けてくる。まだドラゴンは亜空間倉庫の前にいる。
『おめえもおもしれえな。次に――』
「お返しだよ」
ピュン！
『ぐあっ！』
さっき亜空間倉庫に収納したレーザーを、ドラゴンに向けて出した。
それは、奇《く》しくもモーラが受けた傷と同じ、右肩を貫通した。
ドラゴンは後ろに吹っ飛ぶ。
『どうなってやがる……何をしてやがる』
「うるせえ！　亜空間倉庫！」
ドラゴンは、輪切りにしようとした亜空間倉庫をまたもや回避した。
（間違いない。理屈はわからないが、見えてるか、予測してやがる！）
アリサが魔法を唱えている。

《地を這《は》う有象無象《うぞうむぞう》》
《天を我《わ》が物顔で駆ける龍》
《我は問う》
《生きるとは何か》
《我は与える》
《生きとし生けるものに等しきものを》
（っ！）
アリサは流星雨を唱え出した。それならドラゴンに勝てるかもしれないが、発動したらこの都市ごと消えてしまう。
「アリサ！　ダメだ‼」
『あー、面倒くせえ‼　ふん！』
ドラゴンは右足でドン、と足踏みするように地面を踏みつけた。
『魔法は封印《ふういん》したぜえ』
「は？」
アリサは後ろの方で、「流星雨、流星雨」と叫《さけ》んでいるが、一切発動しない。
『おめえとチビの魔法はやべえからな』

　ドラゴンは俺のところにゆっくり歩いてくる。

「あ、亜空間倉庫！　……亜空間倉庫！」

（うそだろ‼　魔法が、え？　これ魔法なの？　封印⁉）

『無理だっての』

「ぐあ！」

　俺はドラゴンに蹴り飛ばされた。ただの蹴りだが、まるでダンプに撥《は》ねられたような衝撃だ。俺は吹き飛ばされて、民家の壁に激突し、バウンドして地面に落ちる。口のなかに大量の血を感じる。

「ヨシト様！」

　メイが俺に駆け寄ってくる。

『あー、邪魔《じゃま》だ、エルフの娘っこ』

　ドラゴンは俺に走ってくるメイの前に瞬間移動のように現れ、彼女のみぞおちを蹴り飛ばした。メイはくの字に折れ曲《ま》がり、サッカーボールのように吹き飛んでいく。

　どこかで、何かが大爆発したような音がする。

　まだ他にもドラゴンがいるのだろうか……

　すると、空に人影が見える。

空から人が降ってくる。モーラだ。

「はあああああ！」

『おめえはうっとうしい』

「ぐふっ！」

モーラの背中から——ドラゴンの『腕』が生えていた。

真っ赤な液体がモーラから溢《あふ》れ、ドラゴンの肩に滴《したた》り落ちる。

「モ゛ー゛ラ……゛モォォォォラ゛ア゛ア゛ァァァァ！　あ゛あ゛あ゛あ！　亜空間倉庫、亜空間倉庫おおおおお！」

俺は何度も叫《さけ》ぶが、亜空間倉庫が展開されることはなかった。

「お兄ちゃん！」

アリサが短剣を両手に構え、姿勢を低くして突進してくる。

「ぐる゛な！　゛アリザ！」

『おめえは一番最後だ。ちょっと寝てな』

「きゃあああぁ！」

アリサもドラゴンに平手で顔をひっぱたかれ、ぶっ飛んで壁に激突した。

そして——

『さあて、回収させてもらおうか』

「……なんでだ‼　なんで突然に‼」

『ん？　がははは、厄災ってのはなぁ、いつも突然なんだよ』

俺の身体は動かない。間違いなくどこかの骨が折れている。いや、全身ボキボキか？　……だが、モーラを、モーラを殺したこいつが許せない。しかし身体が動いてくれない。

「くそっ！　動けよ‼　モーラアアアァァァァ！」

ドラゴンはゆっくりと俺に向かって歩いてくる。

『さあ、食事の時間だぜ。なにか言い残すことがあるか？』

「……絶対に許さない！」

『がははは、あばよ』

ドラゴンは俺を食らおうと大口を開けて迫る。俺は目線をモーラから離せない。モーラの腹と背中から血が流れ出ている。……ザルバとも約束したのに……

ガキン！

突然何か白いものが飛んできて、ドラゴンの横っ面《つら》を叩《たた》き、ドラゴンは吹っ飛ばされた。

「……メリッサ……」

顔を涙でぐちゃぐちゃにして、身体から湯気《ゆげ》のようなオーラを纏《まと》ったメリッサだった。

「第三門、黄扉《きもん》よ！　ひらけえええええええええ！！！！」

◇

私――メリッサは、右肩に怪我《けが》をしたモーラを運んでいる。

私なんて、戦いになったらこんなことしかできない。それにあんな化け物をどうしろっていうのよ！

「いつつ、メリッサ、止まって」

「っ！　モーラ、気がついたの!?」

「ああ、もう大丈夫さ」

「少し休まなきゃ。あそこがいいわ」

私はモーラをベンチに座らせようとするけど、モーラは私を制して動こうとしない。

「よかった。剣はあるね」

「……何を言ってるの？」

「決まってるじゃないか。ヨシトを助けるんだよ」

「なに言ってるのよ！　そんな身体で！」

だけど、モーラは痛みに歪《ゆが》む顔で、無理やり笑みを浮かべる。

「聞こえるだろ。ヨシトは戦ってる。あたしが行かなきゃ……」

「なんでよ！　死んじゃうわ！　相手はドラゴンなのよ？　ワイバーンとは違うのよ！」

「知ってるさ………」

モーラは視線をヨシトたちがいる方に向ける。

「昨夜のヨシトは多分軽い気持ちだったと思うよ？　ただ単にその場の雰囲気《ふんいき》に流されたのさ。……でもね、あたしも巨人族のはしくれさ。男を受け入れるってのは軽くないんだよ」

聞いたことがある。巨人族の女は男と番《つがい》になったら生涯《しょうがい》を捧げると。

それは鉄の掟《おきて》で、他の男に犯《おか》されようものなら必ず死を選ぶと。番《つがい》が先に死ぬときは必ず後を追うと。

魔法で処女に戻せるこの世でも、巨人族の処女性だけは信じられると言われている。

「ヨシトが好きなの？」

「……正直わからない。実感はないね。でもあたしは昨日、あのまま流されてもいいと思った。なら、そういうことだろ」

モーラはまた笑う。

「……死ぬわよ？」

「だろうね」

「モーラの一生はまだ長いのよ⁉」

「あいつがいないなら未練はないよ。……それに、一緒にってものなかなか悪くないじゃないか」

「モーラ……」

モーラは私の肩から離れて、一人で立つ。

「あんたは逃げなよ。黒金貨、預かってんだろ？」

ヨシトは「これはとりあえず使わないから」と言って黒金貨一枚を私に預けていた。

「間に合わなくなる。あたしは行くよ。達者《たっしゃ》で生きな」

「モーラ！」

「スカイハイ！」

モーラは飛んでいった。私だけが取り残された。

「……私は卑怯《ひきょう》だ…………」

私は何してるんだろう。

私が一番ヨシトを好きなつもりでいた。

だけど、あんな化け物が現れたときに、私の頭に浮かんだことは「どうやったら私が生き残れるか」だった。

モーラに言われるまでもない、黒金貨のことだって頭に浮かんだ。モーラには見透《みす》かされていたのかもしれない。

私は力がないから。

私はポーターだから。

戦える力が欲しいって思ってたけど、同時に心で言い訳もしていた。

オーガリーダーのときも打算《ださん》があった。

危なくなれば助けてもらえると。死ぬことはないと。

「ヨシト」

私に、モーラほど純粋《じゅんすい》な気持ちはあるんだろうか……

あんな化け物から見たら、モーラだって無力と同じだ。

私はそこに行けるのだろうか……

「ヨシト……」

ヨシトがいない世界……
ヨシトが消えた世界……
……想像できない。
私の居場所はどこ？
ヨシトの笑顔が浮かぶ。
ヨシトが怒ってる顔。
バカを言い合う顔。
みんなでハーレム会議をしてるときの顔。
ヨシトとともに、眠気《ねむけ》に負けるまで語り合った夜。
「ぐっ」
拳を握りしめる。
「ぐううう」
涙が頬《ほお》を伝う。
「ふううう、ううう‼」
嗚咽《おえつ》が漏れる。
思考がうずまく。

「何が獣人……」

ダン！

建物の壁を叩《たた》く。

「何が諦《あきら》めないよ……」

ヨシトが慰めてくれた優しい笑顔が浮かぶ。

私はここで終わりなの？

「私は……私はああああああああああ!!」

ズドーン！

突然力がみなぎってきた。

私の身体から火柱のように白い閃光《せんこう》が立ちのぼり、何かが湧《わ》き上がる。

抑えきれないほどの力の奔流《ほんりゅう》に、脳が一気に覚醒して全てを理解する。

「……これが……ヨシトからの……」

「でも、まだ足りない!!　あの化け物には！」

「ヨシト、力をちょうだい!!　私が、私が守るから!!」

「第二門！　橙扉《とうもん》、解放おおおおお！」

◇

「第三門、黄扉《きもん》よ！　ひらけえええええええええ！！！！」

ドラゴンをぶっ飛ばしたメリッサが叫《さけ》ぶと、彼女の周囲にある湯気《ゆげ》のようなオーラが天高く迸《ほとばし》る。

メリッサが俺に掌《てのひら》を向けると――

「……痛みが……」

俺の傷がどんどん治《なお》っていく。

そして、泣きじゃくり顔のメリッサの額には、アリサの手の甲と同じ、龍の紋章が輝いていた。

ふと、目の前からメリッサが消えた。次の瞬間にはモーラの隣に立ち、掌《てのひら》をかざしている。

次の瞬間、ドラゴンがメリッサの後ろに立っていた。

『虫がいい気に――』

ドラゴンが向けた拳はメリッサにあたることはなく、逆にメリッサのただの裏拳《うらけん》を浴《あ》びてドラゴンの方が吹き飛ばされた。

ドラゴンは家の壁をぶち抜き、数十メートル飛ばされる。

「メリッサ……あんた、その額……」

壁にもたれかかっていたアリサが言った。

すると、またメリッサが消えたかと思うと、すぐにメイを抱きかかえてモーラの隣に現れた。

メリッサはメイをモーラの隣に寝かせて、掌《てのひら》をかざす。

メイもひどい怪我《けが》だったが、みるみる治っていく。

俺にはわかる。あれは乾坤一擲の力だ。

命を懸けた莫大《ばくだい》な力……

「メリッサ、ダメだ……」

メリッサは涙を流したままの顔で、俺に笑顔で言う。

「私に任せて。ヨシトから貰《もら》った力、ちゃんと役立てるから」

「ダメだ、メリッサ‼」

吹き飛ばされたドラゴンが、ヒタヒタとこっちに歩いてくる。

『なんでえ、おめえも持っていいいてたのか』

「あんたは許さない」

メリッサが消え、次の瞬間ドラゴンのみぞおちにパンチを入れた。が、ドラゴンはそれを両手でガードする。

ドラゴンはニヤリとした。

メリッサはフワッと浮かび上がる――そして、ドラゴンを地面に押し潰《つぶ》すように蹴る。

それを、ドラゴンが腕を十字にして受け止める。

そこから先は、もう俺の目では追えなかった。

激しい殴《なぐ》り合いが繰りひろげられている。

ドラゴンとメリッサの瞬間移動のような動きは、実のところ瞬間移動ではなかった。

単純に、目で追えないほどの高速で動いているだけだ。

時々周りの家々が吹き飛び、瓦礫《がれき》が散乱《さんらん》する。

俺もアリサも、モーラとメイが寝ている場所に移動する。

「すごい……」

「お兄ちゃん、モーラの傷も塞《ふさ》がってるわ」

「……反動が……メリッサ……」

数分殴《なぐ》り合うと、メリッサとドラゴンが止まった。二人とも血だらけだ。

『おめえ、名前は？』

「メリッサ」

『いつから龍の紋章《マザーエムブレム》を持ってる？』

「知らないわよ」

二人は見つめあう。

「なんであんたは襲ってくるの？　コレ《龍の紋章》が関係してるの？」

ドラゴンは数瞬《すうしゅん》考え込んだが、ニヤリと笑った。

『はるか昔から魔物は人を食らい、人は魔物を食らう。食うか食われるかだ、理由はそれだけで十分だろ』

「ドラゴンも魔物ってわけね？」

『あたりめえだ、魔物の頂点が龍だからな』

「なら、死んで」

『がははは！　力は互角《ごかく》だ。やれるならなっ‼』

ドラゴンがパンチを繰り出すと、メリッサはサマーソルトキックの要領で飛び上がり、左足でドラゴンのパンチを蹴り上げ、右足でドラゴンの顎《あご》を蹴った。

ドラゴンが一メートルほど浮かび上がる。

そして、落ちてくるのにあわせて――

「はあああ！　発勁‼」

メリッサの発勁が腹に決まり、ドラゴンは吹き飛ばされた。

だが、すぐに起き上がってくる。

「互角？　笑わせないで？　ヨシトから貰《もら》った力はこんなもんじゃないわ」

「っ‼　やめろ！　メリッサ！」

「はあああああああ！　第四門、緑扉《りょくもん》解放！！！！！」

メリッサの身体からオーラが立ちのぼり、さらなる湯気《ゆげ》が湧《わ》き立つ。

ドラゴンはメリッサの力を感じたのか、驚愕《きょうがく》の表情を浮かべる。

『……人に許された力を超えてるぞ……おめえ、死ぬぞ？』

「なら、あんたを殺して死ぬわ！」

メリッサは弾丸のように飛び出した。

また目で追えなくなった。

派手《はで》な衝撃音と飛散《ひさん》する瓦礫《がれき》が、戦いのすさまじさを物語る。

数分経つと、メリッサが立っている姿が見えた。

……ドラゴンがいない。

メリッサは空を見た。

そこにはドラゴンが浮いている。

『死にやがれえええええ』

ドラゴンの両手の指先から、レーザーの光が無数に発射される。それは曲線を描《えが》き、逃げ場を奪《うば》うようにメリッサ目がけて着弾する。何度も、何発も。

「メリッサアアアア‼」

ドラゴンの一斉発射が止まると、メリッサは跡形もなくなっていた。

だが――

「ここよ」

『なにっ‼』

メリッサはドラゴンの上にいた。そして、竜巻のように自身の身体を回転させると、蹴りでドラゴンを地面に叩《たた》き落とした。

『ガハッ！』

ドラゴンは口から血反吐《ちへど》を吐《は》き、フラフラと立ち上がる。

空から降りてきたメリッサが、ドラゴンの目の前にピタリとつく。

「――四門奥義《おうぎ》、浸透波紋掌《しんとうはもんしょう》‼」

『ガハッ！！！！！』

ドラゴンはその場から微動だにせずに、全身から血を噴《ふ》き出した。口からも、今まで戦って受けた傷口からも。

そして、そのまま後ろに大の字にぶっ倒れた。

メリッサはドラゴンを見下《みお》ろす。ドラゴンは首だけを上げた。

『ま、まだ……おわっ、て……ねえ……』

「やらせるわけないでしょ」

『ガッ』

ドラゴンが最後に何かを仕掛けようとしたが、メリッサがいつのまにか手に持っていた俺とモーラの剣を、大の字に寝ているドラゴンの両肘《りょうひじ》に突き刺した。

ドラゴンの両腕は肘《ひじ》から切り離される。

「さよなら」

『カアアアアアアア！』

メリッサがとどめの一撃を繰り出そうとすると、ドラゴンは集束されたブレスを口から吐《は》いた。メリッサは俺たちのところまで飛び下がる。

ブレスは空《くう》を切り、空にうち上がる。

ドラゴンはメリッサが離れた隙《すき》に、両腕が肘からないまま立ち上がった。

『……覚えてろ……』

「逃がさないわ‼」

と、メリッサが言う間にも、ドラゴンは元の大きさにどんどん変化し――飛び上がった。

上空で完全に元の姿に戻ったドラゴンは、両腕がなく、全身から血を噴き出していた。

そして、逃げるように飛んでいった。

残ったのは、多数の瓦礫《がれき》と、元のサイズに戻ったバカでかいドラゴンの腕だ。

俺がほっとしかけたところで、メリッサがばたっと倒れた。

「メリッサ‼　メリッサアアアアア‼」

◇

あれから十日が経っている。

かいつまんで説明すると、俺たちが街を壊したのは無罪になった。理由は、あれだけ大きなドラゴンなので、みんな見ていたし、そいつが人型になったのを見たやつも多数いたからだ。

俺たちは余裕がなくて気づいてなかったが、冒険者や辺境伯の兵士も近くで見ていたようだ。だが、とても割り込める雰囲気《ふんいき》じゃなかったので、手出ししなかったという。

それと、ドラゴンが置いていった腕だ。

太さは直径一メートル以上、長さもアースリザードぐらいあった。

ドラゴンの討伐なんて何百年もなく、腕だけだとしても、ものすごい素材の量、宝の山だ。

もちろん冒険者ギルドから買い取り希望があったし、辺境伯もわざわざ冒険者ギルドにやってきて、買い取りたいと言ってきた。

ドラゴンの鱗や爪などは、希少価値があるため莫大《ばくだい》な金額になる。

自分らで使うことも考えたが、メリッサの解放の金のこともあるので、今回は売ることにした。

だが、一つ条件をつけた。肉は街にすべて振る舞ってくれと。

ギルドのじいさんは苦々《にがにが》しい顔をしていたが、辺境伯は快諾《かいだく》してくれた。さらに、すぐに焼いて、街をあげての宴《うたげ》にすると言う。

あ、どうでもいいが、辺境伯とギルドのじいさんはなんか険悪《けんあく》な雰囲気《ふんいき》だった。小声で言い争いもしていた。「殺す気か⁉」とか「知らなかった」とか。大体予想はついてるが、今となってはどうでもいい。

それからはもう、しっちゃかめっちゃかだった。

俺たちも主役なので、宴《うたげ》には参加するが、心配なことがまだあった。

俺は今、宴《うたげ》の一角に座り、メリッサを膝枕《ひざまくら》している。俺の足元にはシマが寝そべっている。メリッサの額からは、龍の顔をかたどった紋章は消えている。

シマが動かなくなったのは感電によるただの気絶《きぜつ》だったようで、数時間もしないうちにケロッとしていた。

「メイ、メリッサはどうなんだ？」

「はい、回復魔法は効いてます。ですが、なんというのか……例えば、この手首にこれくらいの回復をかけたとします。普通はそれでいいのですが、メリッサの場合は普通の十倍ほど必要です。ですので、すぐに全快とは……」

「後遺症《こういしょう》とかは？」

「私の見た限りでは大丈夫だと思います。自然治癒《ちゆ》とあわせて、憂《うれ》いを残さないようにいたします」

「頼む……」

メリッサはまだ目を覚まさない。彼女がいなければどうなっていたか……。モーラほどじゃないが、メイもかなり重傷《じゅうしょう》だったし、間違いなく全滅していた。

おそらく、乾坤一擲による仙気《せんき》の力で俺たちを治癒したのだろう、魔法が封印されていたにもかかわらず治したということは、あれは魔法ではないようだ。

「いよう、英雄！　こんなすみっこで！　飲んでるかよ⁉」

「ああ、飲んでるよ」

初対面なのにこんなふうに気やすく声をかけてくる輩《やから》がたくさんくる。

モーラとアリサも、もみくちゃにされている。

ドラゴンの肉はめちゃくちゃ美味《うま》かった。やつが食うか食われるかとか言ってたが、あ、食うよ。これからは食いにいってやる！

素材は黒金貨四枚になった。ギルドはメリッサが寝ていてホッとしているだろう。金級ポーターの買い取りボーナスである追加の十パーセントを払えと言われずに……

俺たちは今、黒金貨約六枚持っている。メリッサも解放できるし、バンバンザイだ。

あとは、メリッサが起きるのを待つだけだ。

宴《うたげ》から五日後、メリッサは目を覚ました。

全員がメリッサのベッドに駆けつけるが、

「ごめん、ヨシトと二人にしてくれる?」

と言われて、今は二人きりだ。

「メリッサ、ありがとう……」

「なに言ってるのよ、お礼を言うのは私だわ。ありがとう」

「……俺は何もしてやれてない」

「力をくれたじゃない」

「あれはお前がはじめから――」

メリッサは、俺の唇《くちびる》に手を当てる。

「たとえそうだとしても、ヨシトが教えてくれなかったら、丁寧《ていねい》に説明してくれなければ、絶対に使えてないわ。だから、ヨシトから貰《もら》ったのよ」

「………」

「なんて顔してるの? リーダーでしょ? しっかりしなさいよ」

「ああ……」

メリッサは俺の心の中を読むように言う。

「大丈夫。これからはヨシトの許可なく使わないわ」

「約束だぞ」

「ええ。っ！　……まだ身体が痛むみたい」

「そうか。もう少し寝てろ」

「ヨシト」

メリッサは俺を潤《うる》んだ目で見る。

「なんだ？」

「私、ヨシトのことが好きみたい」

俺は一瞬返答に迷ったが、ここで答えられる言葉は一つしかないだろう。

「俺もだよ」

俺の返答に、メリッサは少し苦笑《にがわら》いを浮かべた。

俺はベッドから離れる。だがドアから出ようとすると——

「ヨシト」

俺は振り返る。

「なんだ？」

「モーラは——」

メリッサは何かを言おうとしたが、すぐに口を噤《つぐ》んだ。

「なんだ？」

「なんでもない。ヨシト、モーラを大事にしてあげて……」

「……もちろんだ」

俺は部屋を出る。

◇

俺はこの数日、ずっと考えていた。

辻褄《つじつま》が合わないのだ。

はじめに、俺とアリサの紋章は勇者の証明だと言われた。それを言ったのはメイだ。

俺は異世界人の証明だと思ったたし、ラノべ的な設定だと感じていた。だが、メリッサの乾坤一擲が発現したときに、メリッサにも紋章が現れた。ならば、これは異世界人の証明ではない。

発現の違いもある。俺のは常時あざのように出ているのに、アリサとメリッサのは力を使うときしか出ていない。この違いもわからない。

さらにあのクソドラゴンは、これを龍の紋章《マザーエムブレム》と言った。回収するとも言っていた。

勇者とどんな関わりが？

それと、ケーンズ王国にある教会とエルフのメイが所属していた教会、どちらも教会と言ってたから気づかなかったが、実は信仰する神が違った。

ケーンズ王国のは女神、メイの神はドラゴンだった。ドラゴンを神と崇《あが》めるフェル王国は、龍の紋章を勇者の証《あかし》と言う。そして人族の教会では、勇者とは女神がもたらすもの。女神（人族）と龍（魔物）は過去に敵対。意味がわからない。

なかなか大事なことなのに、なぜ誰も教えてくれなかったと聞くと、みんなから機会がなかったと言われた。

まあ、それはいい。

俺はこれを調べたくなった。

「つうことで、俺はこれを調べたい」

「まあ、確かに不思議よね。私たちのはスキルを使おうとすると光るのに、お兄ちゃんのはただあるだけだし」

「くっ」

「フェル王国の教会のことでしたら、私が教えますが？」

「いや、メイも知らないことがあるかもしれない。先入観《せんにゅうかん》がない方がいいだろう。俺は直接フェル王国に行ってみたいと思う」

「かしこまりました。お供《とも》します」

「あー、ヨシト、いいかい？」

モーラが手をあげる。

「なんだ？」

「あたしは別行動を取ろうと思う」

「……なんでだ？」

モーラが突然、とんでもないことを言い出した。

「……あたしは弱い。今回も何の役にも立たなかった」

「そんなことは――」

俺が言いかけたところで、メリッサに俺の肩をつかまれた。言うなってことだ。

「……ここは迷宮都市さ。修業にはうってつけ。ヨシトたちが調べに行くなら、あたしはここで少し修業して、待ってようと思う」

モーラの顔は暗い。

実は、この十日ほどの間に、モーラとメイにも最後の潜在スキルを教えたのだ。だが、以前のメリッサのように二人とも発現しなかった。

簡単に強くなることはできなくなった。

「大丈夫さ。別離ってわけじゃないんだ。ただのお留守番さ」

「……俺は怖い」

「あたしはコレでもプラチナ級だよ？　引き際《ぎわ》はわきまえてる」

「………………」

（モーラが思い詰めていたのは知っていた。今回の件で、アリサはまだしも、メリッサに強さのレベルを抜かれた形になる。メリッサのオーガの一件のこともあるし、自分で乗り越《こ》えたいんだろう。だけど……）

俺が答えを出す前に、メリッサが口を開く。

「なら、私も別行動を取るわ」

「は？」

「私のは簡単よ。私とお母さんを解放してくるわ。みんなのお陰でもうお金も貯まったし」

「………………」

俺は数分考え込む。

「わかった。ただし条件がある」

全員が俺の顔を見る。

「その一、ザルバの装備が全員分できてからだ」

「わかったわ。あとは？」

「その二、モーラにはメイ、メリッサにはアリサを付ける。俺は一人でいく」

「ダメよ、お兄ちゃん！」

「ヨシト、それはないよ」

「承認《しょうにん》できません」

「ヨシト、私は大丈夫よ？」

「そのままお前らに返す。お前らの今の気持ちが、俺の気持ちだ」

「「「………」」」

俺はさらに説明する。

「メリッサにアリサをつけるのは、最近の二人は相性《あいしょう》が良いと思ったからだ。主に性格的な意味で。細かくは言わないが、多分合っている」

「モーラにメイは、迷宮に行くなら回復魔法が必要だからだ。それと、すこしでも荷物を持ち込めるように二人にする」

「ヨシトはどうするのよ」

メリッサの問いに、俺は答える。

「俺は、相手が気づいてなければ、亜空間倉庫は無敵だ。あのドラゴンでさえ、食らうのを嫌がった。それに、調べものは身軽な方がいい」

「ヨシト、頼むよ。あたしら心配なんだよ」

「俺はお前らの方が心配だ。はっきり言う。お前らが一人でも死んでいたら、俺はもう生きていけない」

全員が少し顔を赤くする。

「俺には大容量の亜空間倉庫がある。物資も揃っている。金もあるからポーションも飲み放題。それに、シマは俺が連れていく。シマ、いいよな？」

シマを見ると、なぜかドヤ顔で「私に任せなさいよ」とでも言いたげな顔をした。

みんなが黙る中、モーラが口を切る。

「なら、これだけは覚えておいて。あたしらは、ヨシトが死んだら絶対に後を追うよ。あたしらを死なせたくなかったら、自分の命を大事に考えて……」

「わかった。忘れないよ」

俺たちは、四日かけてそれぞれの準備をすることにした。

「みんな、悪いことは言わない。トイレは買っておけ」

「あたしらもあれに慣れちゃったよ。あれは必須《ひっす》だね」

あまり綺麗《きれい》な話ではないので滅多《めった》に言わないが、みんなは俺のトイレを知ってから、そちらを使っている。多分昔の勇者か迷い人がアイデアを出したのだと思われるが、これは異世界に伝わったものの中で一番の当たりではないだろうか。

「亜空間倉庫がないモーラとメイはどうすんだ？　ポーターを雇うのか？」

「女性のポーターは少ないので、多分、雇うとなれば男になります。よろしいのでしょうか？」

俺はメイの答えに、カラカラと笑う。

「お前らを疑《うたが》う気は微塵《みじん》もないし、モーラとメイを犯せるやつはいないだろ？　むしろ、男に同情――ゴメンナサイ」

◇

所持金はまずメリッサに黒金貨三枚、残りの三枚は俺、メリッサ、アリサ組、モーラ、メイ組で分けた。

モーラたちには、亜空間倉庫がないので保管がキツいからいらないと言われたが、モーラがザルバと知り合いらしいので、彼に預かってもらえるようお願いした。

それはそうだ。黒金貨を使おうと思えば、まず白金貨百枚にして、さらに白金貨一枚を金貨百枚にする。金貨でさえ普段使えないから、銀貨、銅貨を一体何枚持てばいいんだってことになる。

実は、傭兵斡旋所《ようへいあっせんじょ》が銀行の真似《まね》事をしてるのだが、傭兵じゃないと使えない。俺たちは登録してない――ということで、ザルバに頼んだわけだ。

ザルバとは、別行動をすると話したその日に会いに行った。

ミスリルの精製は終わっていたが、びっくりしたことに精製したミスリルは黒だった。ラノベとかでは青かったり白かったりするから、まさか黒とは思わなかった。

なるほど、だから白金《プラチナ》の上が黒金《ミスリル》なのか、と納得した。

冒険者ランクも、プラチナ級の上がミスリル級だしね。

で、ザルバと話したところ、ミスリルで作るだけなら三日で充分、ビキニアーマーのように魔法効果を入れるならもう少し日にちがかかると言われた。

色々迷ったが、結局はモーラのビキニアーマーと、メイの弓だけは後から、それ以外は三日で頼むとなった。

急ぎで作ってもらうのは――

俺の剣、
アリサの槍、
メリッサの籠手《こて》、
メリッサの胸当て、
モーラの剣、
モーラの盾、だ。
なお、ビキニアーマーとメイの弓を作っても、ミスリルは少し余るという。
四人は俺に鎧を作ってもらえとうるさかったが、革鎧でさえ蒸《む》れるので、普段はつけるのをやめたのに、金属鎧なんてつけたくない。
亜空間倉庫を盾にできるからと、なんとか折れさせた。
「代金はいらねえ。だが相談がある」
「なんだ？」
「余ったミスリルを貰《もら》えるか？」
「いいぞ」
「……返事が軽いな」
「俺が持っていてもただの金属だ。売るのも手間だし。その程度でタダになるなら、こっちがお願いしたいよ」

「助かる」


俺たちは、準備段階から各自で動いていた。

そんな中で俺は、シマと一緒に、近くにある迷宮都市の教会に来ていた。

話を聞いてみようと思ったのだ。

「――であるからして、まずは寄付《きふ》を行うのである」

「くそ坊主だな‼」

だが、とにかくがめつい。話を聞きたいなら寄付をお願いしたいと言うので金貨一枚払ったら、それ以降も、やれ時間切れ、やれこの先は秘密、やれ恵まれない子供にと、何かしら理由をつけて金をせびる。こんなのが聖職者とは聞いてあきれる。

俺はこの教会は見限ったが、さすがに教会すべてがこうではないだろうと思っている。

だがこれ以上行く気にはなれない。

「それよりも、あのくそ坊主が子供に金をやってるのか、確認しにいくか」

いつものおっちゃんの屋台で、アリサのいた孤児院《こじいん》の場所を聞き、そちらに向かうことにした。

それは、日本にもあるキリスト教の教会のような建物だった。

「あっ、また胸くそか？　アリサも孤児院は楽じゃないとかいってたな？」

警戒しながらこっそり敷地《しきち》を覗《のぞ》く。

「何をなさって――」

「おわあああああ‼」

いきなり後ろから話しかけられた。

びっくりして振り向くと、そこにはシスターがいた。

可憐《かれん》だ、清楚《せいそ》だ……ぜひあの教会のインチキシスターに見せてやりたい。これが本当のシスターだと。

「す、すみません！　俺はヨシトと言いますが、ちょっと話を聞きたいなと思いまして」

「はい、どのようなお話でしょうか？」

「こ、これがなんだかわかります？」

俺は自分の首筋を見せる。

シスターは、俺のアザをチラリと見たかと思うと、俺の隣でおとなしくしているシマをじっと見つめた。

「あー、こいつは大丈夫です。ちゃんと従魔《じゅうま》ですし」

「そのようですね、今日は院長は出かけております。もしよろしければ、私でわかることでしたら……」

「あっ、お願いします」

「では、中へどうぞ」

シスターの案内で中に入る。

◇

孤児院に入り、女神像にお祈りをしてから、応接室のような場所に案内された。その途中で、シマは子供たちに発見されてしまう。

「わっ！　狼だ！」

「すげえ！」

「ねえ噛《か》む？　噛《か》むかな？」

俺は、シマにビビりながらも興味津々《しんしん》な子供たちの前に座った。

「こいつは噛《か》まない。触りたいか？」

「いいの？」

「シマ、わかるよな?」

シマは首だけ俺に振り返り、『仕方ないなあ』という顔をした。瞬間、シマは揉《も》みくちゃにされた。ほぼ毛に埋《う》まってしまう子供、首にぶら下がる子供、背中に乗る子供、まるでジャングルジム扱《あつか》いだ。

「では、行きますか?」

と、シスターに声をかけられる。

俺は少し驚いた。

「えっと……俺が言うのもなんだが、子供が心配じゃないのか?」

シスターは澄《す》ました顔で答える。

「ええ、アレは大丈夫です」

「………」

大丈夫と言われてありがたいが、所詮《しょせん》は魔物、ひと噛《か》みされれば死んでしまう子供と一緒に放置するのはどうかと思う。だが、シスターの有無を言わさぬ表情に、俺は従ってしまった。

「まずはそうですね、それをどこまでご理解していらっしゃいますか?」

アザのことだろう。

「えっと、勇者？」

「……なるほど」

シスターはお茶を飲んだ。

「その紋章を勇者と呼びますのは、聖龍教《せいりゅうきょう》ですね。お近くにエルフ、獣人の方がいらっしゃるのですね？」

のっけから想定外が盛りだくさんだ。どこから質問すれば……

「混乱なさっているようですので、私から話しましょう」

メリッサもそうだが、俺の顔はそんなにわかりやすいのだろうか。心の中を読まれすぎる。

「ケーンズ王国、エルジン帝国、フリーダム合衆国の人族三国では、ほとんどの方が聖《せい》女神《めがみ》教会を信仰しております。簡単に言ってしまいますと、人族が多い国でございます。それ以外の国では聖龍教を信仰する方がほとんどでございます」

「これはアレか？　人族と亜人の戦争が絡《から》んでるか？」

「その通りです。その戦争のときに女神様は勇者様を遣《つか》わし、人族に味方させました。亜人には龍神と言われる神が勇者を呼び寄せ、亜人に味方させました」

「どっちも勇者………両方異世界人？」

「はい。そして勇者同士が和解し合い、戦争を終結《しゅうけつ》させたのです」

「なるほど」

シスターは神妙な面持《おもも》ちで話を続ける。

「それでですね、あなたの紋章は、聖女神教会では力の紋章と呼んでます」

「敵扱いか？」

「まさか。過去の歴史でも力の紋章を持った方が、世界をお救いになったことがございます」

「龍の紋章《マザーエムブレム》とは呼ばないのか？」

シスターは首をかくんと傾げた。

「それは初めて聞きました」

「ふむ」

（なら、あいつが言った龍《ドラゴン》の紋章《マザーエムブレム》ってのはなんだ？）

「私が知っているのはこのくらいです。もしもっと詳《くわ》しくお知りになりたいなら、王都の聖女神教会に行くことをお勧《すす》めします。そこにはシスターテレサがいらっしゃいます。勇者関連では一番詳しいでしょう」

「なら、行ってみるよ」

「紹介状を書きましょう」

「助かる」

シスターは紹介状を書いて手渡してくれたが、そこからはまるで少し怒っているかのように、真剣な表情で俺を見てくる。

「ヨシト様とおっしゃいましたか？」

「え？　ああ、はい」

「あの狼とのご関係は？」

「……え？」

普通魔物との関係を聞くだろうか。人間と魔物の関係など、従魔か敵かぐらいしかない。

それなのにあえて関係を聞いてきた。

「あー、そうだな……関係と言われると、従魔としか言えないけど、そういう意味ではないんですよね？」

「…………」

シスターは黙ってうなずく。俺は一つ思い出した。

「あっ！　なんか知り合いが聖獣とか言ってたかも。ホワイトフェンリルって種族なんだけど」

「それは知っていたのですね」

「……はい」

シスターの言い方が何か気になる。だが、シスターの方から説明をしてくれた。

「ホワイトフェンリルを聖獣と言うのは聖龍教です。そして、女神教では女神の使いとして扱われてます」

「女神の、使い？」

「はい、女神ラステル。終末を意味する名を冠《かん》した女神様です」

「……それはどういう——」

「ヨシト様」

シスターは本気で睨《にら》むように、視線を強くした。

「あの魔物はいけません。すぐにでも手放してください」

「は？」

シマは従魔とはいえ魔物だ。今までも、そう言ってくるやつがいるにはいた。だがそれは、『魔物なんて連れて歩くな、所詮《しょせん》魔物なんだから』という意味である。しかし、シスターの目線はまるで、シマだからダメだと言いたげだ。

そしてここは、女神教に与《くみ》する孤児院。ならば女神の使いとして扱われるのではないのか？

「むしろ女神の使いとして崇《あが》められたりは――あっ、女神教に見つかったら取り上げられるとか⁉」

「わかりません。ですが、その可能性もあるかもしれません」

「あー、そういうトラブルの元だからやめろと？」

「ヨシト様」

シスターが、キスしそうなほど顔を近づけてきた。

「アレは真の姿ではありません。……悪いことは言いません、アレの言うことを聞いてはなりませんよ」

「っ……」

シスターは鬼気迫《ききせま》る勢いだった。真の姿ではないのは知っている。もっと大きくなるし、本当はさらに大きいともメイは言っていた。あと、言うことを聞くなと言われても……まさか、話せるのか？

その後はシスターがダンマリを決め込むようになったので、俺はお布施《ふせ》として金貨一枚を置いて孤児院を出た。

◇

俺とメリッサはシマを連れて、出発のための物資を買いにマイア商会に来た。

「いらっしゃいま――あなたは！」

「久しぶり」

俺たちを迎えたのは、俺に洋便器を売った男――店主のルーカス＝マイアだった。

マイアは俺を見ると、明らかに震え上がる。

おかしいな。ベッドとダイニングテーブルは騙《だま》し取ったが、そこまで怯《おび》えられることはしてない。

「龍殺しの英雄様、よ、ようこそおいでくださいました」

「あっ、あるわよ、トイレ。……あら？」

マイアは顔を真《ま》っ青《さお》にして、洋便器の前に立った。というより、俺には読めないがPOPを隠すように立っている。

マイアとメリッサは、言葉を重《かさ》ねるように同時に言う。

「ヨシト？　確か白金貨二枚だったわよね？」

「ね、値下げしたのでございます！！！！」

少し沈黙が流れる。

（ああ、そういえば、俺が値段の紙を読めないと思って、ぼったくっていたな。で、俺たちが龍殺しで有名になったからびびってると……）

「いや、メリッサ。俺はベッドとテーブルを一緒に買って、合計の金額で白金貨一枚、大金貨九枚だったんだ。……なあ？　そうだよな、マイア？」

「は、はい、そのとおりでございます…」

「ちなみにメリッサ、トイレはいくらだ？」

「白金貨一枚よ」

（結構ぼったくったな！　約二倍じゃねーか！）

俺は、ぶるぶると震えるマイアの肩に手を置いた。

「何を震えてるんだよ。お前はトイレとその他を俺に売った。それだけじゃねーか」

マイアはその場で土下座《どげざ》する。

「い、命ばかりは‼」

「おいおい、まるで俺が脅《おど》してるみてーじゃねーか。ほら、立てよ」

俺はマイアを引きずり立たせる。

「俺たちはトイレをもう一つ。それと、テーブルが壊れたから買い直したい。あと、米はあるか？　それが欲しい」

マイアは震えるだけで、話にならない。メリッサは俺をジト目で睨《にら》む。

「ヨシト、何をしたのよ？」

「なんもしてねーよ」

「それなら商人がこんなに怯《おび》えるはずないでしょ？」

俺は口角だけ上げてにっこりと微笑《ほほえ》み、マイアの肩を抱く。

「やめろよ、俺たちは客と店員の関係、それだけだろ？」

「もちろんでございます！」

「あんたそれ、完全に脅しちゃってるから……」

しばらく時間をかけて、マイアを落ち着かせた。

これからの旅に必要なものを用意してもらう。

「まずは米だ。美味《うま》そうなら買いたい」

「……お客様が食べるのですか？」

「……ヨシト？　米は家畜《かちく》の餌《えさ》よ？」

「はい？　とりあえず見せてくれ」

マイアが米の現物を持ってくる。

「おおおおお！　予想外だ！」

タイ米とか古代米みたいなのが出てくると思っていた。だが日本で品種改良されたような、完全なジャポニカ米が出てきた。しかも完璧《かんぺき》に精米《せいまい》されている。

「これこれ、これをくれ！　どのくらいある⁉」

「はあ……俵で二十ほどございますが……」

「全部くれ！　あと醤油《しょうゆ》も！」

「本当に食べる気？」

「ふふふ、メリッサ。あとで後悔するぞ？　いや、今させてやる！　マイア、台所を貸してくれ！」

「へ？　かまいませんが……」

一時間後――

「はふっ、はふっ！　こ、これは！　はふっ！」

「ヨシト、美味《おい》しいわ！　これはすごいわよ」

米を鍋《なべ》で炊《た》き上げ、塩、醤油《しょうゆ》、味噌《みそ》でおにぎりを作ってやった。マイアの店に醤油《しょうゆ》も味《み》噌《そ》もあった。

なんでも、米はこの国で作っているのだが、味噌《みそ》と醤油《しょうゆ》は西の大陸から船で輸入しているらしい。

「よし、マイア」

「はい」

「お前が醤油《しょうゆ》と砂糖《さとう》を売ってる屋台のおっちゃんがいるだろ」

「……ゴンドですか？」

「ゴンドって言うのか。お前とおっちゃんにおにぎりの権利をやるから、お前らで商売しろ」

「……手に持って食べられる手軽さ、味のバリエーションの変えやすさ、米が安いのも味方する。お客様、これは莫大《ばくだい》な利益を生みますよ？」

マイアは腐《くさ》っても商人、金のにおいに目の色が変わった。

「ああ、お前らでなんとかしろ」

「……お客様に利益はいかほどを」

「いらん。ただ、味噌《みそ》や醤油《しょうゆ》、珍しい調味料があったらなんでも売ってくれ。あとは俺がいつでも買えるように米は確保しろ」

「まさか、それだけでございませんよね？　いかほど用意すれば――」

「いや、いいから。俺たちは冒険者だ。金は自分で稼ぐ。成功させて、店を大きくして、珍しいものを揃えろ」

マイアは椅子から降り、俺の前に片膝《かたひざ》をついた。

「お客様、お名前をいただくことは叶《かな》いますか？」

「ヨシトだ」

「ヨシト様、先日の無礼《ぶれい》、お許しください」

「いや、お前、アレ損したろ？」

「それでもです。お許しを」

マイアは頭を下げる。

「わかった。じゃあその話は終わりだ。俺は買いものに来たんだよ」

「なんでもお申しつけください。このルーカス＝マイア、必ず手に入れて見せます」

俺は、米を全部ではなく十俵、味噌《みそ》、醤油《しょうゆ》、砂糖、塩、昆布、出汁用の魚の燻製《かつおぶし》などなど、自炊《じすい》に必要なものを手にいれた。

それと、大きな丸テーブルに椅子を八脚も買った。椅子は予備だ。またアリサが壊すかもしれないし……

金は、この間の詫《わ》びとおにぎりの企画料として、今回だけは無料にさせてくれと、マイアが強く言うのでそうさせてもらった。

「マイア、多少は私利私欲《しりしよく》もかまわない。だけど、おっちゃんと一緒に儲《もう》けることを忘れるなよ?」

「はっ、必ずや」

なんかマイアの口調《くちょう》が、城の騎士みたいになっていたが、気にせず店を出た。

◇

旅の準備も三日目だが、ここはダイジェストでお送りする。

ザルバの装備ができ上がり、みんなで取りに行った。

さすが素材がミスリルだからか、軽く、丈夫で、魔力伝導率が高い。

モーラは西洋騎士が持つような剣と、下が三角になっているホームベースのような五角形の盾。

メリッサの籠手《こて》は拳まで覆う仕様なのに、動きが悪くならないようになっている。胸当てもメリッサの胸からみぞおちまでをきっちり包み、背中にある革のベルト四本でしっかり留められる。あれなら防具として安心できる。

アリサの槍はなかなかゴツい感じだ。アリサの身長は百四十センチ前後なのに、槍は二メートルある。槍の先は刃先が三本に分かれていて、どれも鋭そうだ。うん、地球のイメージで言ったら海神ポセイドンの槍って感じだ。

俺の剣は、モーラのとは違い、斬ることに重点を置いた作りだ。サーベルと刀の中間のような形をしている。ちょっと刃を触ったら、指から血が出てしまった。これはすごい。

メイの弓とモーラのビキニアーマーは、あと数日かかる。

しかし、全員黒光りしている装備なので、見た目が……


俺とメリッサは、食材などの買い出しだ。俺は自炊用に野菜やフライパン、鍋などの調理器具。それと、旅の途中ではアリサの土魔法に頼れないので簡易竈《かまど》も買った。

一番困ったのは水だ。メイがいれば水を確保できるが、俺にはない。収納だけはできるので、樽《たる》を百個くれと言ったら怒られた。

結局、三十個の大樽を買って水を入れて、亜空間倉庫に収納した。

それと、なかなか拠点が買えないので、鉄でできた直径一メートルちょっと、高さが一メートルの釜を買う。それとその釜の土台と、あと脚立《きゃたつ》のような梯子《はしご》、中に入れる木の板。

そう、五右衛門風呂《ごえもんぶろ》だ。

これで風呂に入れる。木でも拾って火をつけてお湯を沸《わ》かせばいいので、魔法要らずだ。

あっ、中で色んなものを洗ってるので、古い樽《たる》は捨てた。

そのあとは雑貨だ。歯ブラシ、タオル、石鹸《せっけん》、思いつくありとあらゆるものを買った。

全部で大金貨五枚もかかった。

逆に言えば、大金貨五枚しか減ってないのだ。黒金貨一枚使おうとしたらどれだけだって話だ。

だが一つだけ問題が残っている。

それを解消する。

「アリサ、これに火をつけてくれ」

「ん？　はい、お兄ちゃん」

たいまつだ。自炊するにも風呂を沸《わ》かすにも火がない。そこで、前にファイアーアローを収納して打ち返したのを思い出した。

魔法が使えないというのは本当に不便だ。

俺の異世界はハードモードすぎる。

これを亜空間倉庫に入れる。

出す。うん、ばっちりだ。

俺は種火用として、たいまつを三つ作った。

一回焚《た》き火をすれば種火を量産できるが、保険のためだ。

◇

準備の期間が終わった。

とうとう今日が、しばしの別離のときだ。

久しぶりに一人になり、楽しみでもあり、寂《さび》しくもある。

なんだかんだ言っても、初の異世界旅だ。ラノベのようでワクワクもする。

今は定期便の馬車の乗り場だ。

「お兄ちゃん、本当に気をつけてよ？」

「アリサとメリッサはまだ乗らないのか？」

「私たちは次の定期便の馬車に乗るわ。ヨシトが行ったら出発するわ」

「そうか……」

「ヨシト、わかってるね？」

「モーラ、大丈夫だ。入念に気をつけるよ」

「ヨシト様、やはり私も……」

「ダメだ、メイ、頼む。モーラを守ってくれ」

「かしこまりました」

「ヨシト、お願い……死なないで……」

「モーラ……」

俺はモーラにハグをする。

順番にメイ、メリッサとハグをして、アリサにもハグをしてやる。

「本当に気をつけて」

「メリッサも気をつけろよ。お母さんとお父さんによろしくな」

「お兄ちゃん、私たちがいないからって浮気《うわき》しちゃダメよ」

「はいはい。アリサ、メリッサを頼むぞ」

「わかってるわよ」

「ヨシト様、これを」

メイは俺に手紙を渡してくる。

「これが教会、これが父と母にです」

「ああ、ちゃんと届ける。フェル王国の首都フェイダーだな」

「はい、どうかお気をつけて」

「ああ」

「ヨシト、あたしは……」

「モーラ、お前は強い。一つアドバイスを。心を静めろ。水面のように心を静めるんだ」

「わかったわ」

「じゃあ、行ってくる‼」

俺はシマの背中に乗り、南門から王都へと出発した。

メリッサたちは、見えなくなるまで手を振っていた。

第三章　ヨシト、旅に出る

シマの乗り心地《ごこち》はなかなか悪くない。とはいえ上下の揺《ゆ》れが激しいので、あまり速度はあげられないが、それでも快適の部類に入るのではなかろうか。王都で馬用の鞍《くら》でも買ったら、もっと快適になる気がする。

「一人か……」

するとシマが『ウォン』と声を上げる。見ると、進行方向に乗り合い馬車らしきものが停車していて、何かに襲われている。護衛らしきやつらも馬車の周りに展開しているが、どうやら劣勢《れっせい》なようだ。

「……まさか、もう一度見ることになるとは……」

サハギンだ。あの迷宮で出会った気持ち悪い魔物、頭だけが魚になった全裸の人間のような魔物のサハギンだ。

――違った。今度のは、頭が蟻《あり》だ。

「きんもっ‼」

【アント・ワーカー】
銀級魔鬼
多種の上位種がいる

馬車の周りには蟻《あり》の頭をした裸体が倒れているが、服を着ている人間も何人か倒れている。見たところ、残っている蟻男《ありおとこ》は二十ほど、武装している人間が三人。また、武装してない人間も蟻男《ありおとこ》と戦っているところから、既に総力戦のような感じがする。

俺は一応声をかける。

「助けが必要か⁉」

「っ！　頼む‼」

武装している、なんとなく雰囲気《ふんいき》が冒険者の女が答えた。

俺は声をかけてから気づいた。他人がいるから、亜空間倉庫で戦えない、と。だが、俺の剣でなんとかなるのか？

「シマ、緊急《きんきゅう》事態だから……頼むよ、おい……」

従魔への頼み方ではないが、仕方ないのだ。こいつは動いてくれないのだから。

シマは今回も『なんで私が？』とでも言わんばかりの目をして、背中に乗っている俺に振り返る。

「おっちゃんの串焼き、アレ好きだろ？　あれを十本やろう」

動いた。シマは動いた。

『ウオオオオオオオオオオオ！』

突然シマは遠吠《とおぼ》えをあげる。すると蟻男《ありおとこ》たちはビクリと身を震わせ、全員が俺たちの方に振り返った。

一瞬、襲ってくるのかと思ったら、蟻男《ありおとこ》たちはガタガタとその場で震え出した。

「今だ！」

俺は戦っている人たちに声をかけつつ、自分もシマから降りて、蟻男《ありおとこ》たちに向かう。

蟻男《ありおとこ》は動かない。まるでシマしか視界に入ってないかのようだ。戦っている人たちと俺は、蟻男《ありおとこ》の首や心臓に剣を突き刺し、次々と倒していく。

数分とかからずに、蟻男《ありおとこ》は全滅した。

◇

俺が馬車に近寄ると、二人の御者が近づいて挨拶《あいさつ》をしてきた。

話を聞いてみたら、死んだ三人はこの定期便の正規の護衛らしい。生きている武装しているい三人は客の冒険者で、緊急時には戦ってもらう契約で馬車賃を割り引いているらしい。

「お願いだ！　王都まで行くんだろ⁉　護衛の依頼を受けてくれ！　このままじゃやばいんだよ！」

御者の二人があまりにも必死に頼んでくるので、仕方なく護衛を引き受けた。金貨二枚だ。

馬車の中は十人ほどが乗れるようになっている。御者が二人、太った商人のような男、冒険者の男一人と女二人の三人組、母親と男の子が生き残っていた。

冒険者の三人組が、蟻男《ありおとこ》の角を切り取ってから、死体を山積《やまづ》みにして燃やしている。しかし、絵面《えづら》が悪い。まるで人間を燃やしているかのようだ。

そのうちの女の冒険者が、シマをチラチラ見ながら俺に話しかけてきた。

「ねえ、あんた。もしかして龍殺し？」

どうやら、白い狼を連れているのが、『龍殺し』の『四姫桜』だと有名になっているようだ。

「あー、いや違うよ。そこのポーターだよ」

「なんだポーターか」

「ポーターだって立派なもんさ。あの狼はあんたの従魔かい？」

「まあな……あんまり言うこと聞かないけど……」

もう一人の女が俺にさらに突っ込んでくる。

「でも、龍殺しの四姫桜は、ポーターがリーダーじゃないの？」

「俺もそう聞いたぞ？」

冒険者の男もうなずく。

「あっ、ポーターが二人いるって」

「ああ、じゃああんたじゃない方がリーダーか」

（まあ、なんでもいいよ）

すると小さい男の子がトコトコとやってきて、俺の膝に手を置いた。

「ねえ、ワンワン触っていい⁉」

男の子は目をキラキラさせている。

俺がシマに視線を送ると、孤児院で慣れたのか、元々子供は嫌いじゃないのか、顔つきでＯＫを出した。

「ああ、いいぞ」

「やったあ‼」

男の子はシマの体毛に埋《う》もれるかのようにダイブした。シマは男の子の服を咥《くわ》えて、自分の背中の上に男の子を投げたりしている。

俺は御者に問いかける。

「御者さん、どのくらい停車します？」

「あー、馬の休憩《きゅうけい》だから、あと三十分くらいだ」

「どうも」

俺はテーブルと椅子を出し、コップにオレンジジュースを注ぐ。

そして約束した串焼き十本分を皿に移し、シマの前に置いてやる。

腹が減ったので、事前に作っておいたおにぎりを二つ、椅子に座りながらつまむ。塩と醤油《しょうゆ》味だ。

「ん？」

俺の椅子のとなりにいつのまにか子供が立ち、指を咥《くわ》えて見上げている。

「こらっ！　バルト！　こっちに来なさい！」

母親が子供をたしなめる。彼女は若い。

（……しかたねーな。まあ、いっか）

「あー、いいですよ。ほれ、座りな。お母さんもどうですか？」

子供と母親の分の椅子を出し、子供を抱きかかえて椅子に座らせる。

「そんな、申し訳ない――」

「大丈夫ですから。お母さんも座ってください。バルトくんも困りますから」

「……申し訳ありません」

お母さんもやってきて、椅子に座る。二人の前に味噌《みそ》、醤油《しょうゆ》、塩のおにぎりを一つずつ皿に載せて並べる。

「よかったらどうぞ。これ、今度マイア商会が売り出す食べものです。米ってわかりますよね？」

「……あの、家畜の餌《えさ》の……」

「そうです、でも美味《おい》しいんですよ。食べてみてください」

お母さんは塩のおにぎりを、おずおずと一つつかみ、可愛《かわい》く一口かじる。

「……美味《おい》しい……」

「でしょ」

お母さんは、持っている塩のおにぎりをバルトに渡す。

「美味《おい》しい！　お母さん、美味《おい》しいね！」

お母さんはバルトに微笑《ほほえ》みかける。

「どうぞ、よかったら全部食べちゃってください。味が違いますよ」

俺は水の大樽を出して、その真ん中の栓《せん》を緩《ゆる》めて、コップに水を注ぐ。

バルトにはオレンジジュースだ。

二人の前にコップを置いて、勧める。

すると、太った商人がこっちに来た。

「米と聞いたが、食べられるのか？」

俺はちょっとムッとした。

敬語じゃないのはこの世界では普通だが、やけに偉そうに上から目線で来たからだ。

「ああ、そうだが？」

「私にもよこせ」

「なぜだ？」

「……は？」

「なぜお前にやらないといけない？」

「そこの女と子供にはやっただろ？」

「だから？」

商人風の男は目を見開く。

お母さんと子供はおろおろし出してしまった。

（まずいな。子供の前ってのを忘れてた）

「あんたが悪いよ」

冒険者の女が割って入ってきた。

「どこの何様か知らないけど、人にものを頼む態度じゃないね。出直しなよ」

デブは女冒険者に窘《たしな》められて、怒りを露《あらわ》にしながらも下がっていった。

なかなかできるな、この女。

「ヨシトだ」

「あたしはマリーンだ、よろしく頼む」

「ああ」

俺とマリーンは握手《あくしゅ》をする。

「それにしても、でかい亜空間倉庫だね」

「それしか自慢がなくてな」

「たいしたもんだよ」

「……食うか？」

マリーンの目線がおにぎりに行っていたので、勧めてみる。

「いいのかい？」

「仲間の分も、三つ持ってけ」

「ありがとよ」

マリーンたちにおにぎりをやった。軽い挨拶《あいさつ》はさっき済ませていたが、わりかし気持ちのいいやつらだ。

バルトとお母さんが食べ終わったようなので、樽《たる》の栓から水を流し、バルトとお母さんに手を洗うよう勧めた。

そしてすべてを収納して、馬車は走り出した。

◇

「け、尻《けつ》が……」

「ヨシトさんは馬車は初めてですか？」

「いや、初めてではないんですが、この馬車はちょっと……」

馬車に乗ったらどうかと御者に勧められたので、試しに乗ってみることにした。だが、アースリザード討伐のときに乗った馬車とえらい違いだ。アレはここまでひどくなかった。もう馬車には乗らないと心に誓《ちか》う。

あたりが暗くなりはじめ、夜営を開始した。

馬車で座りながら寝るのがほとんどで、俺みたいなやつはいない。

俺は馬車の近くにテントを張り、中にベッドを設置する。

その近くに竈《かまど》を三個置いて、二つで米を炊《た》く。

丸テーブルと椅子も出して、その上で鶏肉《とりにく》のような肉と、玉ねぎを切る。

大きなフライパンに、水、醤油《しょうゆ》、砂糖を入れて、ナイフでかつおぶしも削《そ》ぐようにして削《けず》り落とす。

そこに、大量の玉ねぎと鶏肉をぶち込む。

俺の料理の匂《にお》いで、人が集まってくる。

最後に卵をたくさん割り入れ、親子丼の完成だ。

さすがに全員分の食器はない。

器に飯を盛り、親子丼のタネをかけて、まずは五人分用意する。

「マリーンたち、バルトくん。座りな」

呼ばれたやつらがテーブルに座る。

「まあ食べなよ」

みんなにスプーンを出してやり、バルトくんがはじめにパクついた。

「おっ！　美味《おい》しい！　お母さん、お母さん！」

「お母さんの分もあるから、バルトくんが食べな」

そして、三人組の冒険者からも感嘆《かんたん》の声があがる。

「こりゃあ……」

「匂《にお》いも美味《うま》そうだったけどこれはすごいわ！」

「……美味《うま》い」

「わるいね、ヨシト」

マリーンが頬張《ほおば》りながら言う。

「その代わり、見張り頼むぜ？」

「「「おう！」」」

食器を洗い、次の盛り付けをする。マリーンたちと御者が交代する。

「御者さん二人、あと、おっさん、食べるか？」

俺は一応デブも呼んでやった。

デブは相当食べたかったのだろう。苦々しい顔をしつつもやってきた。

「美味《うま》い‼」

「これは売れるぞ‼　俺は銀貨だって払うぞ！」

そして、デブも一口食べた。

「……美味《うま》い。……すまなかった」

「ああ、敬語にしろとは言わねえ。でも気をつけろ」

「……そうする」

全員が掻《か》き込むと、最後に俺とシマが食べる。

全員に食事を振る舞ったあと、俺は五右衛門風呂を沸《わ》かした。

五右衛門風呂に手を入れて、かき回す。

うん、いいだろ。

五右衛門風呂の下の薪《まき》を少し外し、温度上昇を防ぐ。

「ああああ、やっぱこれだろ……」

しばらく風呂を堪能《たんのう》していると、またバルトくんがこちらを見ていた。

たぶん、物珍《ものめずら》しいんだろう。

「バルト！　こい！」

まるで自分の息子のように呼ぶと、バルトはたったか走ってきた。

俺は風呂から出て、湯をバルトの頭からぶっかけてから石鹸《せっけん》で洗い、湯にぶっ込む。

「きゃはははははは！」

「縁《ふち》に触るなよ!?　気をつけろ！」

入ったことがないってことはないだろうが、バルトのはしゃぎようがすごい。なんだか子供ができた気分だ。

「私も入ってよろしいでしょうか？」

バルトのお母さんがおずおずと切り出す。

「……え？　いいですけど……あの、仕切りとかありませんよ？」

俺は男だ、バルトは子供だ。誰の目に晒《さら》されても問題ないだろう。だが、お母さんは若い女だ、恥ずかしくないのだろうか。

「誰もかまいませんよ、こんなおばさんなんて」

お母さんはにこりと笑う。

まさか、俺の後ではなく、今一緒に入るつもりか!?

俺は思わず鑑定すると、二十六歳だった。名前はサリー。

（まだおばさんではないけどな。……この世界ではおばさんなのか？）

「よろしければお背中流します」

「いや、それは……」

「今日のお礼です、やらせてください。それに、私は主人がいません。お気にせずとも大丈夫です」

「……じゃあ、まあ」

バルトを出して、タオルで身体を拭《ふ》く。お母さんは視線を気にせず全裸になる。

二人で温《ぬる》くなってきたお湯をかぶり、石鹸《せっけん》とタオルで身体を洗う。

「濡《ぬ》れるとさむいですね、入りましょうか」

「……ああ」

経産婦《けいさんぷ》とは思えない、綺麗《きれい》な体をしていた。さすがに俺の男が元気になりそうになる、釜も冷めてきて触れるようになっていたので、二人で風呂にはいる。

少しぬるめだがちょうどいい。

「ふう……」

やっぱり風呂は最高だ。

「私、お風呂に入ったのは初めてです」

「どうですか?」

「気持ちいいものですね」

肌が触れ合っている。そうなれば男の妄想《もうそう》も膨《ふく》らむというもの、いやもう膨《ふく》らんでいる。

だが、四人の顔が眼に浮かぶと背筋が寒くなる。たまらず俺は風呂から上がり、服を着てテントに入る。なぜか俺のベッドには、いつのまにかバルトが寝ていた。仕方ないからバルトの隣で寝た。

もしかしたら、お母さんもテントに来るか、と思っていたが、彼女は馬車の中で寝ていた。

◇

御者が言った予定通りに馬車は進んだ。

二日目は小さな村に泊まり、三日目はまた夜営、今日が四日目だ。

三日目も夕飯を振る舞った。

どのみち自分の分とシマの分は用意しないといけないのだから……というよりも、バルトの期待の籠《こも》った視線に耐えられなかった。

三日目は、肉をスライスして、醤油《しょうゆ》、少しの砂糖、かつおぶし、しょうが――で炒《いた》めたしょうが焼き丼だ。昨日も思ったが、酒があったら完璧なのに。やはり、味の深みが変わってくる。

バルトは風呂が気に入って、入れてくれと催促《さいそく》するようになった。まあ、子供一人くらいは仕方ない。

もしかしたら、お母さんとも仲よくなって、ムフフなことになるのかもという下心もあったが、それを見透《みす》かされたかのように、お母さんが入ったのはあの日だけだった。

そして王都に着いた。

「ヨシト、世話になったな」

マリーンが俺に声をかける。

「いいさ」

「なあヨシト、あたしらのパーティーに入らないか？」

「すまんが、俺は抜けられない」

「……もしかして、やっぱりあんたが龍殺しのリーダー……」

「まあ、な」

マリーンたちはすげえ、さすがだと騒ぎ立てる。

商人もこっちに来た。

「すまなかった」

「もういいから」

「これを……」

なんか書いてある一枚の紙を受けとる。

「すまん、字が読めん」

「オースティン商会と言う。読めるやつに見せてくれ。もし、王都に滞在《たいざい》するか、また来たときは寄ってくれ。礼をしたい」

「……覚えとくよ」

次にやってきたのはバルトと母親のサリーだ。

「パパ！」

「パパじゃねーから」

バルトが俺の足にしがみついてくる。

「すみません……」

「退屈な旅が楽しくなりましたよ」

「お礼をしたいのですが……」

「サリーさんには背中を流してもらいましたよ」

サリーは目を大きく見開く。

「……私、名乗りましたか？」

「っ！　あー、いや、はは、色々ありまして」

サリーは優しい顔に戻った。

「もし、また縁がありましたら、今度は恩を返させてください」

「ええ、縁がありましたら」

なにやら意味深《いみしん》なことを言って、バルトとサリーは去っていった。

さて、俺の一番の目的は教会で話を聞くことだ。俺は情報収集も兼《か》ねて、街を歩いてみることにした。

◇

あてもなく王都をうろうろする。

俺は割と都会の雰囲気《ふんいき》の迷宮都市に転移したからか、ぶっちゃけ街並みはこれといって珍しくはなかった。ただ、迷宮都市よりもでかい。東京二十三区のどっかの区ならすっぽり入ってしまうんではないだろうか。

（ないな、それはない。盛りすぎだ）

迷宮都市は、文化的にこの世界の最先端《さいせんたん》に近いということだろう。ただ、王都には王城がある。

都の中心に城があり、それを囲うようにそびえ立つ城壁、その周りに街が広がっていて、さらに街壁が街を囲う。

農地は見あたらない。農村は周囲に点在していて、そこから食料を調達しているのだろう。

——ドン。

「いてっ」

「兄ちゃん気をつけろ‼」

俺は正面《しょうめん》から来る男にぶつかった。

男はさっさと離れていく。

そこからだ。

一体何人にぶつかったのか。男も女も、大人も子供も問わず、しまいには、避けたのにぶつかってくるやつや、「この文なしが！」と言われることもあった。

（荒《すさ》みすぎだろ！　俺だってわかる、こいつら全員スリだろ？　渋谷だってこんなにいねーよ！）

さらに城下町を歩く。

「おっ、噴水《ふんすい》だ」

これは大発見だ。

噴水があるということは、上下水道がある可能性が高い。そうなると、迷宮都市より進んでることになる。

時間をかけて街を散策《さんさく》する。

どうやらスラムが多い感じだ。

迷宮都市にもスラムはあるが、あそこには迷宮の一階層、二階層のくず魔石拾いの仕事がある。

あれで食べている子供も結構いるのだろうから、王都みたいにこんなスラムスラムしたスラムはない。

金稼ぎの方法が少ないのがうかがえる。

ということは、かなり貧富の差が激しいのだろう。

この日はとりあえず宿に泊まることにした。

さすがに強盗《ごうとう》目的で寝込みを襲われるのは避けたい。そこそこいい見た目の宿を探す。

銀の鐘亭より少し高級そうな宿を見つけた。

一階に酒場のような食堂はなく、宿に入るといきなりカウンターがある。日本のビジネスホテルに近い。

「いらっしゃいませ、ご用件はなんでしょうか？」

宿でご用件と言われるのはちょっと解《げ》せないが、俺の服装の問題だろうか。

俺は今、シャカシャカジャージを着ている。キャサリンから、これを着ているところを見られたら下手すると殺されていた、なんて忠告されたこともあるが、今の俺ならなんとかなると思う。あと、着替えが少ないので、これも活用しないと、身体が臭くなってしまう。

「あー、とりあえず三日ほど泊まりたいんだけど」

「……失礼ですが、お代は前払いになりますが」

「構わないよ」

「お名前は？」

「ヨシトだ」

「では、一泊大銀貨二枚いただきます」

「高っ‼」

俺は思わず声を出してしまった。

銀の鐘亭の約七倍である。

店員は「ほら、払えねーだろ」とでも言わんばかりの顔をする。

俺は亜空間倉庫から大金貨一枚を出す。

イラッとしたからだ。

「あー、とりあえず預けとくよ。三日部屋をくれ」

店員は目を見開いた。

「し、失礼しました、お客様‼」

「あと、お湯はあるか？」

「……お客様、大銀貨五枚のお部屋でしたら風呂がついております」

「なに？」

「お食事代も込みでございます。お食事はお部屋にお運びいたします」

（ブルジョワやんけ‼　……どうせ旅の宿泊だ、金の使い道はほかにないんだ、いったれ！）

「おう、じゃあそれで」

「お供はいかがしますか？」

「……お供？」

知らない言葉が出てきた。

「はい、お食事のとき、お客様の給仕をします、女性のお供でございます」

「…………」

（それなんてパーティーコンパニオン⁉）

「あー、そいつは一時間とかで帰るのか？」

店員は口角を片側だけ上げ、にやりとする。

「まさか、朝まででございます」

俺も同じように口角を上げる。

「ほう、朝までか」

「お客様、お好きですね」

「ウォホン、嫌いではないな」

「「うふふふふふ」」

一体何の小芝居《こしばい》なのか。

俺は結局、宿泊費大銀貨五枚、コンパニオン代で大銀貨一枚を三日分のところ、気分がよくなったので、大金貨一枚をそのまま預けた。

コンパニオンと仲よくするときは、コンパニオンにもチップが必要らしい。

「さて、風呂でも入って、コンパニオンを待ちますか！」

地球のネットで見た、温泉地にいるというパーティーコンパニオン、まさか異世界で体験することになるとは思わなかった。

◇

とある場所、とあるとき、とある者が君臨する場所。

一体何メートルあるのだろうか、高層ビルのように高い本棚が、ドーム球場を思わせるほどの部屋の壁にそびえ立つ。

『ИΠX・ЩкмXM・φollΔBΞ・ΦYΘΩΣHK！　魔導書《グリモア》よ、真の姿を顕現《けんげん》せよ』

何者かが呪文を唱えると、その本棚から一冊の銀色の本が飛び出してきた。

空中に浮かんでいる本は百八十度に開き、パラパラとすごい勢いでページがめくれると、またパタンと本が閉じる。

そして本は眩《まばゆ》い光を放ち、どんどん形が変わっていく。

それは女性の姿になった。

身長は百四十センチを切り、起伏《きふく》の少ないスタイルで、紫《むらさき》の髪を背中まで伸ばし、背中には小さなコウモリの羽のようなものが生えている。

服は着ておらず、極端《きょくたん》に布地が少ない黒ブラと、ローライズも真っ青、局所《きょくしょ》しか隠れてないような黒パンツを穿《は》いているのみだった。

足には真っ黒な、膝までの長さのブーツを履《は》き、プカプカと浮いている。

『やっほー、龍神王様！』

『次元の魔導書《グリモア》よ。仕事じゃ』

『……ふーん、誰を殺すの？』

『まだじゃ、見極《みきわ》めよ。だが、ラステルの意思が宿っていたら殺すのじゃ』

『……それだけじゃわからなーい』

『不滅の龍の紋章《エターナルマザーエムブレム》を持つ者じゃ。すぐわかるじゃろ』

『ラステルの手下になってなかったら、どうするぅ～？』

『こちらに導くのじゃ。奪い取りはしたが、少々残ってしもうた。もったいないでの』

『どのくらい様子を見る？　せっかくだからゆっくりしたいなっ♪』

『ふぉ、ふぉ、好きにするとよい。遊んでもよいぞ？』

『りょうか～～い♪』

次元の魔導書《グリモア》と呼ばれた女は消えた。

『ふぉっ、ふぉっ、ふぉっ。死してなおも干渉するか……大婆様《おおばば》にも困ったものじゃて……さて、どうなることやら……』

◇

これは現実か？

俺は夢を見ているのだろうか。

いや、神よ、今こそ私の願いを叶《かな》えたまえ。

夢と言ってください、お願いします。

「……チェンジで……」

「お兄ちゃん、遺書《いしょ》は書いた？」

「ヨシト、意味がわかってやってるのかしら？」

なぜだ、いつアリサとメリッサはコンパニオンになったのか。

「お前ら、実は娼婦《しょうふ》だったの?」

「ふふっ、どうやらお兄ちゃんは王都を更地にしたいようね」

「口を開かないでヨシト、思わず第一門《乾坤一擲》が開きそうだわ……」

やめろ、俺はドラゴンではない。本当に死んでしまう。助けを求めて室内にいるシマに目線を送るも、シマは目も合わそうとしない。……そうか、俺の従魔は、俺に死ねと。

「なんでお前らがここに?」

「お兄ちゃん、馬車の護衛の依頼を受けたでしょ? 私たち次の便だったから追いついたのよ」

「…………」

「ヨシトが王都に着いてすぐ、私たちも王都に着いたわ。ヨシトを驚かそうと思って捜《さが》してたら、この宿に泊まるのを見つけたの」

「…………」

「お兄ちゃんの部屋の隣に泊まろうとしたら、店員の態度がおかしかったからね、ちょっと問い詰めただけで、すぐに教えてくれたわ」

この世界の個人情報はどうなっているのだろうか。

「あ、あのな? なんか飯のときに給仕の人がつくだけだから――」

「私にその言い訳が通用すると思ってるの、お兄ちゃん？」

なぜかアリサの右手の甲に紋章が浮かんでいる。

「もう言い訳はしないで、ヨシト……手加減を忘れてしまいそう……」

メリッサの額にも紋章が浮かび上がっている。

もしかして俺は、世界最強の女に浮気がバレているところなのか？

「……俺の墓には、俺は勇敢《ゆうかん》だったと……」

「わかったわ、ちゃんと誘惑に負けたと書いとくわ」

◇

もう昼近い。

あいつらにも、傷跡《きずあと》を残さないようにというブレーキはあったようだ。

何をされた？　聞くな。一言で言えば地獄だ。

アリサたちの置き手紙には、急ぐので先に行くと書いてあった。今度は命の保証はできないとも書いてある。

俺は、宿の主人に個人情報がなんたるかを、とうとうと一時間ほど説教してから、街に繰り出した。ちなみにシマは部屋に置いてきた。俺を見捨てた駄犬を連れて歩く趣味《しゅみ》はない。

本音は、教会でシマが聖獣とか言われて、拘束されるのを防ぐためだ。

気を取り直し、道行く人や屋台に何回か場所を聞きながら、教会にはたどり着いた。

教会はまるで神殿のような、荘厳《そうごん》という言葉が似合う建物だった。古代ギリシャの神殿が綺麗《きれい》に復元されて現れたような。

どうやら、誰でも自由に入れるわけではないらしい。

教会の入り口には神殿騎士のような、フルフェイスの兜《かぶと》と金属の鎧に身を包み、胸には白い十字が描かれている騎士が数人、立っている。

俺は、面倒事になりそうな予感がしつつも、少しビビる気持ちを抑え、意を決して騎士に話しかける。

「あのー、すみません」

「……なんだ、お前は。祈りを捧げたいなら教会に行け」

（え？　ここ、教会。）

「えっと、ここは教会じゃないんですか？」

「ここは聖女神教会の総本山だ。民が来る場所ではない」

（威圧的ではある。でも教会だからか、意外とまともそうな人だ。話はできるかな……）

「……一つ聞いていいですか？」

「なんだ？」

「シスターテレサはここにいますか？」

騎士はフルフェイスの兜を被《かぶ》っている。だから表情は読めないが、俺の話が聞こえた数人がガシャリと鎧を鳴らした。

「……ついてこい」

「あっ、ありがとうございます」

数分後――

「えーと…………」

俺は投獄《とうごく》された。

案内されている途中からそんな気はしていた。だが暴れるのはやめた。数人なら亜空間倉庫で殺すことができる。だが、後ろから刺されたらかわせなそうだし、牢屋《ろうや》から出るのも俺の亜空間倉庫があれば難しくはないと判断したからだ。障害物を亜空間倉庫に収納すれば出られると思った。

それに、暴れたらシスターテレサに会うのは絶望的になるだろう。

それよりも、シスターテレサの名前を言っただけで投獄される理由が知りたい。

少し様子を見ていると、胸に十字が描かれた修道服のようなローブを着た初老の男が騎士を連れてやってきた。

「お前、名は？」

「……ヨシトです」

「シスターテレサの名をどこで聞いた」

（ん？　やばいか？　情報の入手先を言うと、あのシスターに迷惑がかかるかな？）

「……その人のことをどうするんです？」

「お前が知る必要はない」

「なら言えませんね」

「…………」

するとこ後ろの騎士が言った。

「貴様、隠すとためにならんぞ？」

「別にあくどいことは考えてませんよ。ただシスターテレサに会いたかっただけです」

「怪《あや》しすぎる。司教、やはり」

「待て、少し時間をやろう」

「はっ」

司教と呼ばれた修道服の男と騎士は去っていった。

（意外と理知的だ。これなら殺されることはなさそうだ。俺もしばらく様子を見るか）

時間的には数時間が経っただろうか、一人のシスターが食事を持ってやってきた。話し方からすると、見習いなのだろうか。

食事はパンとスープだけだったが。

「はい、ご飯よ」

「ありがとう」

「あなた、なんでここに来たの？」

「いやー、ただシスターテレサに会いに来ただけなんだけどね」

「あー、それは投獄されるわね」

「……なんで？」

「だって、あなた怪しすぎるじゃない。真っ黒な得体の知れない服を着て、なーんにも持ってないし。冒険者でもなさそうだし、教会に用がある人には見えないわ。見た目は暗殺者みたいだけど、正面から訪ねてきて大人しく牢屋《ろうや》に入るし。司教様たちも対応に困ってると思うわよ？」

「あー……」

完全に俺のせいだった。むしろ、教会の対応はまともだった。そういえば、今もジャージを着ていた。例えばポーターのギルドタグと金級の証明板でも見せながら、きちんと名乗ってから尋《たず》ねれば、もっと対応は違ってたかもしれない。

いきなり殺そうとしてこないことから、常識的な対応を求めることは難しくなさそうだ。

「ねえ、ちょっと伝言を頼んでいいかな？」

「いいわよ？」

俺は亜空間倉庫からポーターの証明板を出し、そして首からギルドタグを外す。

「俺は金級ポーターのヨシトって言うんだ。四姫桜ってパーティーのリーダーもしてる。ある人からシスターテレサを紹介されて、紹介状も持ってる。できればシスターテレサに会ってみたいんだけど、可能なのかな」

シスターは俺のタグと証明板を受け取り、その証明板を見てびっくりしていた。

「案外まともな経歴なのね、紹介状は？」

「すまん、それは直接手渡ししたいな」

「……普通、紹介状って門番に渡すものよ？」

（ありゃ、そうだったか。仕方ないだろ！　日本でも紹介状なんて貰《もら》ったことねーよ！）

俺はちょっとどうしようか迷ったが、このシスターの言っていることがもっともだと思えたので、迷宮都市のシスターから貰《もら》った紹介状を渡した。

「じゃあ、頼むよ」

「え～～、お金持ちなのにお布施《ふせ》もないの？」

「………」

（世の中金なのはわかるが、この世界の聖職者はどうかしてると思います‼）

俺は大金貨一枚と金貨一枚を出す。

「大金貨はお布施《ふせ》、金貨はお使い賃だよ……」

「さっすが！　ありがと！」

シスターは投げキッスをして去っていく。

（俺の世界観が崩れる……ほんと、どうかしてるぜ！）

◇

とうとう何もないまま夜になった。牢屋《ろうや》の天井近くにある空気窓から、シマの声がした。

『ウォン』

「お前、宿を抜け出してきたのか」

『ウォン』

多分助けに来たのだろう。子爵の件もある。自分が見つかると大騒ぎになるから夜に来たのか？　そこまで狼は知恵が回るものかね？

「あー、シマ。少し様子を見る。危険はないから宿で待っててくれ」

『……ウォン』

シマが離れていく気配がする。どうやらわかってくれたようだ。

次の日、時間はちょっとわからないが腹の具合から遅めの朝だろうか、朝食を持った老婆がやってきた。この人もシスターか。

「お前さん、飯だよ」

「ああ、ありがとう」

「…………」

「…………」

なんだ？　なんで無言のまま立っているんだ？

「ありゃ、チップはないのかい？」

「ほんと、どうかしてるぜ‼」

「いひひ、冗談《じょうだん》さ」

老婆はまるで魔女のようだ。しわくちゃな顔に黒いローブ、腰が曲がっていて杖をついている。とても教会で働く人には見えない。

だが少し、緊張は解《ほぐ》れた。

「お前さん、アンジェラとはどんな知り合いだい？」

「アンジェラ？」

「お前さんが、紹介状を持ってきたんだろ？」

「あー」

（アンジェラっていうのか。つうか、人と名乗り合う癖《くせ》をつけよう）

「別に、ちょっと質問したら、シスターテレサが詳しいと言われただけだよ」

「……あの子は元気だったかい？」

「あ、ああ、とても元気だった」

「そうかい。なら、持ってるのかい？」

「……何を？」

「ア、アレだよ」

「…………」

予想はつく。予想はつくが、安易に信じていいかの踏ん切りがつかない。

「……シスターアンジェラの紹介状にはなんて？」

「いひひ、シスターテレサに必ず会わせろ、としか書いてなかったよ」

「………」

もうそれ、紹介状って言えるのかってレベルだと思ったが、アレを見せないと話が進まないなとも思った。

「持ってるけど、できれば本人だけに見せたいんだけど」

「持ってると言っちまったら同じさね」

「………」

俺は諦《あきら》めて首筋を見せる。老婆はシワを伸ばしてそれを見た。

「いいよ。ついといで。開けな！」

老婆が横を向き、誰かに声をかけた。

「はっ」

騎士がやってきて、牢屋《ろうや》の鍵《かぎ》を開けてくれる。

俺は牢屋《ろうや》を出ると、老婆の後についていった。

神殿の礼拝堂《れいはいどう》みたいな場所を通過する。窓と天井にはステンドグラスがはめられていて、カラフルな光が差し込む。

あれは……女神像か。どことなく見たことがあるような顔だ。

やはりここが聖女神教会の総本山なんだ、と実感する。

礼拝堂の角の奥から先に進み、さらに少し歩くと、謁見室のような場所についた。辺境伯の屋敷で見たような大きな王様が座るような椅子、そのすぐ前には三人がけぐらいのソファー、壁にそって騎士がずらっと並び、昨日の司教もいる。

老婆は王様が座るような椅子に腰かけた。

「最近、腰が悪くてね。仰々《ぎょうぎょう》しい椅子だけど失礼するよ」

「………………」

「お前さんも座りなよ」

「……もしかして、婆さんがシスターテレサ？」

「いひひ、そおーさ」

「イメージが！　あんた魔女だろうが‼」

俺が大きめの声で突っ込みを入れると、騎士がざわつく。

「あっ、すみません」

「いひひ、これじゃ話もできないね。シュナイダー、騎士たちを下げな」

その言葉に司教が反応する。

「しかし……」

「構わないよ、この老婆を殺す気ならとっくにしてるさね。こいつは大丈夫さ」

「はっ」

騎士たちが去っていく。残ったのは老婆、シスターテレサと、司教のシュナイダーだけだ。

「さあ～～て、何から話そうかね、いひひひひ」

「頼むからその笑い方だけはやめてくれ……」

「今さら変えられるもんじゃないさね。慣れな」

「………………」

この世界の聖職者は、ろくなやつがいない。

改めてそう思う。

シスターというよりも、盗賊の首領《しゅりょう》か魔女でしかない。

一体どうなっているのか。

「一応聞いておこうかね。お前さん、女神様を信仰してるのかい？」

「いや、信仰してる神はいないな。無宗教だと異端審問《いたんしんもん》とかかけられるのか？」

「いひひひ、聖龍教よりはマシさね。でも、女神様を信仰してくれたら嬉しいね」

「やっぱり聖龍教とは敵対してるのか？」

「昔ほどじゃないさね。今は、そうだね、不干渉《ふかんしょう》って感じさね」

「なるほど」

「女神がこの紋章をくれるのか？」

まずはこの質問から始めてみる。

「それはわからないよ。神のみぞ知るってやつさ」

その返答だけで、ここでもらえる情報で全てが明らかになることはないと悟《さと》る。

「これは勇者の印か？」

「……聖龍教に先に行ったのかい？」

「いや、エルフの聖職者に会っただけだ」

「それは力の紋章さ」

「それはアンジェラに聞いたな」

「なら、力は？」

「ん？」

「力はなんなんだい？　今も使ってるんだろ？」

「……え？　すまん、話が見えない」

老婆はしわくちゃな顔をさらにしかめる。

司教が俺に告げる。

「力の紋章は、力やスキルを使えば身体に現れる。使わなければ現れない」

「いや、俺のは出っぱなしなんだが？」

「…………」

老婆と司教は黙る。

司教がまたも口を開く。

「この世には古くから様々なスキルがある。誰でも修練《しゅうれん》で得られるものから、生まれ持つ以外に得る方法がないもの、存在さえわからぬものまで」

「知ってる」

「そして特別なスキル、他の誰も持っていないようなスキル、誰も知らぬようなスキルを持つ者は、その力を使うとき、紋章が現れる」

「…………」

（そういうことなの⁉　勇者関係なくね⁉）

「なら、紋章が二つ出るやつは？」

老婆と司教がひどくびっくりした。

「二つもユニークスキルがあるのか!?」

「お前さん、本気かね?」

「い、いや! 待って! 例えばだから。それよりユニークスキルってのは?」

「ユニークスキルとは、遥《はる》か昔、常人では持てない特別なスキルをそう呼んでいたのだ。そして、今はほぼ知る者も少ないが、ユニークスキルを一つ持つものは紋章が一つ現れる」

「なるほど……」

(そういうことか……力の紋章ってのは、そのまんま力の紋章《ユニークの証拠》って意味だったか。アリサの紋章二つって、なんでだろって思ってた。……だけど、アリサのユニークスキルっぽいのは三つだ。……多分、もう一つの紋章は見えない位置にあって、戦闘中しか現れないから、手の甲のものしか気づかないってことか。それに、メリッサに紋章が現れたのも納得が行く。乾坤一擲がユニークスキルだからだろう。勇者関係ないな)

俺が考え込んでいると——

「何かわかったのか?」

「あたしらは無償《むしょう》で情報を提供してるさね、お前さんが隠すのは卑怯《ひきょう》じゃないかね?」

「…………」

（もっともだ。でも情報を晒《さら》したくない。だけどまだまだ情報が足りない。……ここは駆け引きのしどころだ）

「亜空間倉庫」

俺は亜空間倉庫を出現させる。目の前に一メートル四方の空間が口を開く。

老婆と司教が大きく目を見開いた。

「これは……」

「たまげた……」

（ここは仕方ないだろ。実際情報のタダ貰《もら》いだし、ここまでの対応も悪くなかった。まだまだ情報は足りない。ある程度は彼らを信じよう）

少し気になるのが、亜空間倉庫を見てびっくりというより、俺を見てびっくりしているところだ。

「俺の仲間に紋章を持つやつがいる。俺は、俺の紋章とそいつの紋章が違うから、その理由を調べている」

「ふむ、筋《すじ》は通ってるね」

（嘘はついてない。とにかく、まずは聞きたいことを）

「勇者ってのはなんだ？」

「聖龍教のやつがなんて言ったかは知らないさね。でも、聖女神教会では、女神から指名された人族が勇者さね」

「……女神と話せるのか？」

「それがここにおわす聖女、シスターテレサ様だ」

「………………」

（聖女、聖女……聖女ってなんだっけ？　イメージが……）

「いつでも会話できるのか？」

「いや、『天啓《てんけい》』を受けられるだけさね」

（鑑定）

【テレサ】
名前：テレサ
年齢：92／性別：女／種族：人族／レベル：41
称号：聖女
STR：E／VIT：C／DEX：C／AGI：C／INT：A／MEN：S

スキル：回復魔法（レベル5）／杖術（レベル2）／天啓《てんけい》

潜在スキル：女神の癒し

（うお、俺たち以外で潜在スキルを持ってる人を初めて見た。スキル名からしてユニークさいし。この人も潜在スキルを覚えれば紋章が出ると……）

【天啓】

自身が信仰する神からの啓示《けいじ》を受けることができる

【女神の癒し】

死後一日以内で、死体状態が良好なものを蘇生《そせい》させることができる

外傷《がいしょう》以外の死亡原因を取り除《のぞ》くことはできない

（蘇生‼　でも、寿命や病気はダメってことか）

「お前さん、何に気づいた？」

老婆は鋭い目付きで俺を見る。

（……俺の表情、結構な弱点じゃねーか？　あっさり内心を察知されてしまうんだが）

「いや、天啓ってのはユニークスキルなのかな？　と」

「そういう顔には見えないけどね……まあいいよ。天啓は珍しいけど、いるにはいるさね。ざっくり、一つの国に三人くらいはいる。アンジェラも持ってるさね」

「マジか」

（そんなすごい人が孤児院？　色々わからんな。でも今は俺の欲しい情報が先だ）

「じゃあ、迷い人か勇者か、とか言われてるけど、天啓でお告げが来て、初めて勇者なんだな」

「なるほど、お前さんは迷い人かい」

「あっ」

「この場では隠さぬほうが身のためだ。そちらが隠すなら、我らも隠すぞ？」

「すまん」

（こいつらが真実を言っているかは置いておく。それを言い出したら話す意味さえない。今わかったことは――聖女神教会では力の紋章はユニークスキルの証《あかし》、紋章の数はユニークスキルの数。勇者は女神の天啓で確定する）

「ん？　女神ってどこにいるんだ？　やっぱ天か？」

老婆はするどく俺を睨《にら》む。

「それは、聖女神教会の最も秘匿《ひとく》する情報さね。簡単に教えられないよ」

だが老婆は悪巧《わるだく》みをしてるような顔をする。

……それは元からか。

(秘匿《ひとく》するってことは、女神はいる。しかも、天、空、そんなんじゃない。隠さなきゃならないほどの場所……つまり、人が行ける？　……)

俺はほぼ閃《ひらめ》きで、思わず呟《つぶや》いてしまう。

「……神の迷宮？」

「我々は、女神の迷宮と呼んでいる」

「マジか……」

あっさり正解にぶち当たった。そして司教は簡単に認めてきた。

「迷宮をクリアすれば女神に会える、ってか？」

「話を聞いたからには、聖女神教会の依頼を受けてもらうよ」

老婆はまたするどい目付きだ。

(はめられたか？)

「まさか、迷宮をクリアしろと？」

司教が言う。

「女神様は迷宮に封印されておるのだ。龍神によってな。だから、今は天啓も下りてこない」

「お前さんには、迷宮に下りてもらうよ。力の紋章を持つ者は龍神の封印が解ける。女神様の封印を解くんだよ」

二人の目からは少し殺気を感じる。有無を言わせぬ雰囲気《ふんいき》だ。

「女神に会えば謎《なぞ》が解けるか？」

「お前さんが、何を謎に思ってるかわからないけど、女神様にわからないことはないさね。封印を解けば褒美《ほうび》をくださるだろうよ」

「でも、俺には力が――」

「仮にお前さんには力がなくても、力の紋章を持つ仲間がいるんだろ？　それにお前さんは、ばかでかい亜空間倉庫を持ってる。え？　いひひひひひ、龍殺しよ」

老婆は、にやあと魔女のように笑う。

「……知ってたのか」

司教も追い討ちをかける。

「このくらいは当たり前だ。プラチナ級ポーターは数えるほどしかおらんのだぞ？」

「あれ、金級だけど？」

「プラチナ級認定されるほどの買い取り額がここに書いてあるぞ？」

（あー、ドラゴンの素材か。あれでプラチナになったか）

「それにお前さん、空間魔法使いじゃろ。迷宮の奥にはそれに見会う宝が眠ってるかもしれんぞ？」

「え？　いや、違うけど」

「バカ言うでない。さっきのは空間魔法じゃろうが」

「そうなの？　でも、ステータスには空間魔法とは表示されてないけど」

「それはあたしらにもわからないよ。でもアレは、空間魔法としか考えられんさね」

「…………」

（俺は空間魔法使いなのか？　いやいや、魔力がしょぼすぎるが。トイレの魔水晶でさえ、いまだに五回分をいっぺんにやったら気絶するぞ？　でも空間魔法なのか？　なら、亜空間倉庫の口の大きさは変えられるのか？　もっと大きくとか。亜空間倉庫の口の大きさを変えられるなら、かなりの強化になるけど……）

　すると、頭の中で何か異変を感じた。

　俺は気になり自分を鑑定する。

【ヨシト＝サカザキ】
名前：ヨシト＝サカザキ
年齢：21／性別：男／種族：人族／レベル：32
称号：次元を認識する者
STR：C／VIT：C／DEX：C／AGI：C／INT：C／MEN：D
スキル：言語理解／亜空間倉庫EX／完全鑑定

（う〜ん、変わっている気がしないんだが……なんだったんだろ。まあ、いいか）

俺は疑問が残る。

「ちょっと待って。まず、俺のが空間魔法だとしたら、普通の亜空間倉庫は？」

俺の質問に司教が答える。

「それはスキルだ」

「なら、空間魔法って何ができる？」

「そもそも空間魔法は、AとBの地点を結んだり、AのものをBに移動させたりする魔法だ。空間魔法使いはもれなく亜空間倉庫も持っており、Bの地点にいながらAにあるものを亜空間倉庫に入れることなどもできる」

「ふむ」

「だが、空間魔法はとてつもなく魔力を消費する。通常は巨大な魔法陣と魔道具を用《もち》い、他から魔力を供給することでようやく発動させられるもの。しかし、お前は今、我らの前でやってみせた。いとも簡単に」

（この説明を信じるなら、やっぱ俺の亜空間倉庫は空間魔法じゃないな。それに似た何かだ。第一、鑑定ではそう表示されていないし、この説明はワープの類《たぐ》いだろ？　できるわけがない。それに、鑑定を疑うと、色々と根本からおかしくなる）

「あっ、じゃあワープ、長距離転移とかあるの？」

「現在、最も長く移動できたやつで百メートルだ」

「走ったほうが早いじゃん。それだけで大がかりな魔法陣とか魔道具とか必要なの？」

「そうだ。だから空間魔法使いは少ないが、大きな危険とは今は見なされていない」

「なるほど。それと、空間魔法使いって世界に何人ぐらいいるの？　やっぱ珍しいの？」

「十人だ」

「少なすぎね？」

「空間魔法使いは、全て国で管理されている」

「…………」

（理屈はわかる。いきなり王の寝室とかに入れたら暗殺し放題だ。百メートルしか移動できなくてもやりようはありそうだし、突然成長してたくさん移動できるようになるかもしれない。今はまだ危険視するレベルではないってわけだ）

「なら、俺もか？」

ここで老婆が口を出す。

「お前さん次第さね」

「迷宮に入るなら黙っててやると？」

「そういうことになるさね」

「スキルを調べる機械があるんだろ？　空間魔法を持ってないの証明できるけど？」

司教が俺を鋭く見つめる。

「だが、空間魔法のようなことはできた。充分報告対象だ」

「…………」

俺が黙っていると、老婆がにたりと笑った。

「聖女神教会の秘密を暴いたんだ、是《ぜ》が非《ひ》でも協力してもらうよ」

「ばばあ、はめたな？」

「いひひひひ、何のことさね。でも、悪いことばかりじゃないはずさね」

（やらされるってのは好きじゃない。だが迷宮に興味はある。あと、モーラが今、自身の強さを上げるために潜っている。今後もそういったことがあるだろうから、そのついでってのもあるな……。それに女神か、会えるなら会ってみたい）

「条件がある」

「なんだ？」

「期間を決めてこないこと、監視《かんし》などをしないこと、秘密を守ること。そんなもんかな」

「なら、こちらからも条件だよ」

「なに？」

「女神様の封印を解いたら教えること、絶対に諦《あきら》めない、もしやむを得ず長期中断する場合は報告すること、迷宮で手に入れたものは全て報告することさね」

「取り上げられたりは？」

「今は、ない、と言っておこうかね。いひひひ」

「なるほどね」

（まあ、これは受けとくか。断って国から追われるのも面倒だ）

「俺はフェル王国に手紙を届けなければならない。そのあとだぞ？」

「構わないさね。何かあればアンジェラと話しておくれ。こちらからも言っておくよ」

「わかった」

俺はギルドタグとポーター証明板を返してもらい、聖女神教会を出た。

◇

教会から出ると、もうすぐ夕暮れという時間だった。それに雨が降っていた。異世界初めての雨だ。

とりあえず俺はまっすぐ宿に帰ることにした。

宿まで歩いていると、徐々に雨脚《あまあし》が強くなる。

俺は走って宿に行く。道はうろ覚えだったが迷わずに到着できた。

宿に入って受付カウンターに行く。

「あっ、ヨシト様、昨日はどちらに？」

「あー、野暮用《やぼよう》でな」

「本日の宿泊までとなっておりますが、いかがいたしますか？」

王都での用事は終わった。モーラたちを待たせすぎるのも悪い。なるべく急いで行くことにする。

「予定通り、明日の朝出るよ」

「かしこまりました。あっ、それと、昨日からヨシト様のお供につきたいと言う者がおりますが」

……もう悪夢だ。

アリサとメリッサの、まるで獲物《えもの》を見つけたかのような笑顔が脳裏《のうり》をよぎった。

俺は宿の店員に確認する。

「……お前、個人情報とはどういうものか教えたよな？」

「もちろんでございます！　お客様の知り合いのお二人ではありません！」

まさか、次はモーラとメイが？

「背の高い褐色《かっしょく》の肌の女か？」

「違います、元々当館で契約しているものです」

（助かった……今すぐ走って逃げようかと思った……）

だが、新《あら》たな疑問も浮かぶ。

「……なんで逆指名？」

「大変申し訳ないのですが、お客様が羽振《はぶ》りがいいと従業員の間で噂《うわさ》になりまして……」

だから個人情報はどうなってんだよ！

「お客様が当館に預けたお金が大金だったもので。さすがに預かり金は従業員はわかってしまいますので」

「ったく……」

だが、わざわざ俺のところにお供に来たいって言うくらいなら、あっちの熱心さも期待できるかもしれない。

「わかった。そいつでいいよ」

「かしこまりました、お食事を運びます。お部屋でお待ちください」

◇

しばらく部屋で、今日のシスターテレサの話について頭の中で整理していると――

コンコンと、ドアをノックされる。

「どうぞ」

「失礼します」

食事を載せた台車と女が入ってくる。

「マジか……」

「……チェンジなさいますか？」

「いや、頼むよ」

第一にホッとした。四姫桜じゃなかったことに。

「ありがとうございます。恩に報《むく》いるために、一生懸命《いっしょうけんめい》ご奉仕《ほうし》させていただきます」

サリーだった。

「元々ここで？」

「ええ、お供をいたしております」

サリーは、馬車のときより態度が硬い。

あのときよりも、仕事の顔をしている。

「あー、普通にして」

「ありがとうございます。でも、習慣ですから」

サリーはニコッとして、少し柔《やわ》らかくなった。

まあ、馬車のときも敬語だったしな。

「あっ、バルトは――」

俺がそう言おうとすると、サリーは俺の唇《くちびる》に人差し指を当てた。

「そういうのは無粋《ぶすい》ですよ？」

「……そうですね、すみません」

「ふふっ」

サリーはニッコリ微笑《ほほえ》んだ。


「楽しかった……」

何が？　知るか。

聞くんじゃねえよ。

いさかいの元は残さないのが大人なのだ。

一言だけ記すと、恩返しは鶴《つる》よりすごかった。

サリーにチップで大金貨一枚を渡すと、断られるかもと思ったが、優しく微笑《ほほえ》んで受け取ってくれた。

「ありがとうございました」

俺は上機嫌で宿を出た。

◇

「……いい天気だな……」

雨は上がっていた。なかなかの出発日和《びより》だ。

とりあえず王都の正門に行く。

フェル王国までの方角や地図なんかがあったらいいなと思ってだ。

試しに門の衛兵に聞いてみる。

「すみません、フェル王国までの地図とかはないですか？」

だが衛兵はフェル王国の名前を聞くと、明らかに不機嫌になった。

「そんなものはない」

「……そうですか」

これはとりつく島がないなと、俺は正門を後にする。

ふと横を見ると、定期便の馬車が停まっていた。

俺は御者に話しかけてみる。

「すみません、フェル王国の定期便はないですかね？　あれ？」

「お？　ヨシトさんでねえか。あのときはありがとな」

「ああ、往《い》きのときの。いえ、ただの飯ですから」

御者は二人いたが、この人はなまりがある方の人だ。

「まだ王都にいるだか？」

「うん、でももう出たいんだけど、フェル王国への定期便は出てないかな？」

迷宮都市－王都間の定期便の御者は、首を横に振る。

「そりゃないだよ。個人で契約するにしても、途中から馬車は入れね」

「ん？　関所とかで？」

「いんや、単純に森の中を突っ切らなきゃならないからだよ」

「なるほど」

フェル王国は自然とともにとか、メイが言ってたのを思い出す。

「だども、途中までは馬でいげるから、契約していげばいいだよ」

「定期便では？」

「ほうごうが違う」

「そか、どっか地図とかあるところはないかな」

「んー、ひょっとしたらだげども、ついてきてくんろ」

俺は定期便の御者についていって、馬車屋と言っていいのかわからないが、多くの馬車が停まっている場所に来た。

「ダンズー！　ダンズいるだべか」

「おう、いるぜ」

「このかたが、フェルへ行きたいんだども」

「フェル？　そりゃきついぜ」

二十代ぐらいの男が俺を見る。

「あんちゃん、腕はあるのか？」

「……そこそこかな？　なんでだ？」

「そりゃ、魔物が出るからに決まってんだろ」

「多分、ワイルドボア程度なら、一人でもなんとかなるかな」

ダンズと呼ばれた男は、びっくりしてから俺を品定《しなさだ》めするように見る。

「……そうは見えねーな」

「ポーターだけど、プラチナだぞ？」

俺は証明板を見せる。

「すげえ……本物だ」

「どうかな？」

「なるほどな。案内が欲しいのか？」

「いや、フェル王国までの地図が欲しい」

「地図か、あるにはあるが高いぜ？」

「いくらだ？」

「白金貨二枚だな」

「たっか‼」

さすがに高すぎだ。欲しいは欲しいし、金はあるから払えるが、払う気にならない。

するとダンズが、ニヤリと笑う。

「白金貨一枚でいいものがある」

「ん？　なんだ？」

「これだよ」

ダンズは奥からガサゴソと何かを持ってきた。

三十センチぐらいの棒の先に、短い紐《ひも》がついていて、その紐《ひも》の先には片側が赤くなっている棒が水平に結んである。

「これは……」

すぐにピンときた。

「お？　あんちゃん、これを知ってるのか？」

「……ああ」

間違いないだろう、これは方位磁針《じしん》だ。

「方角がわかるのか？」

「その通りだ。フェル王国に行きたいなら、この色が付いてない方の棒から、左にちょっとぐらいの向きに、ずっと行けば必ず着くぜ？」

「………」

「どうするよ、あんちゃん？」

これは買いだ。まさか異世界に方位磁針があるなんて。

俺は亜空間倉庫から白金貨一枚を出し、ダンズに渡した。

「買った」

ダンズはニカッと笑う。

「気前いいねぇ～、まいどあり！」

俺は紹介してくれた御者にも、大銀貨一枚を払って方位磁針を手に入れた。

都合よく、シマの身体に合いそうな鞍《くら》も見つけ、それも購入《こうにゅう》してシマに装着した。馬のように、轡《くつわ》はつけてない。座面、足掛けがあれば充分だ。

俺とシマはすぐにでも出発する。シマの速さは定期便の馬車とは比較にならない。全速力がどのくらいかわからないが、とにかく速い。体感では時速六十キロ以上に感じる。尻も、シマが大きな何かを乗り越えると結構な衝撃が来るが、それ以外はかなり快適だ。風を切る感覚が気持ちいい。

まるでバイクに乗ってるような気分だ。

「この速度でも七日か」

フェル王国までの最短距離は、馬が全速力で走って七日かかるくらいの距離と言っていた。とはいえ、鞍《くら》を装着したシマは、きっと馬より相当速い。七日はかからないだろう。

何度か休憩《きゅうけい》し、夜営をする。テントを出して休む。シマと一緒の旅で何が快適かって、夜の見張りが必要ないことだ。

シマは寝ながらでも確実に気配を感じ取る。魔物が寄ってくれば起こされ、亜空間倉庫で輪切りにして終了だ。他に連れ合いがいると、亜空間倉庫を隠さなければいけないので面倒だが、一人ならなんの問題もない。警戒はシマが、討伐は俺が、と完全に役割分担できている。

三日目に入っても、シマの速度は変わらない。むしろ慣れて上下の揺《ゆ》れが少ない走りになってきた。

シマは走りながら声をあげて、顔の方角で俺に魔物を知らせる。

狼だ――

「亜空間倉庫、亜空間倉庫、亜空間倉庫」

俺は走るシマに乗りつつ亜空間倉庫で狼の首を落とす。シマも止まらない。魔物の素材は回収できないが、面倒だからこの方がいい。


また夜営する。

「この分なら、楽勝でフェル王国に着きそうだな」

シマは肉を食いながら、『私のおかげでしょ』と言わんばかりの顔を俺に向けてくる。

「ああ、助かってる、ありがとうな」

ダンズから話を聞いているフェル王国の入り口の村ってのはもうすぐらしい。

森の木々の幹《みき》の色が、白っぽい木になってきたら、あと一日の距離と聞いている。今周りにあるのは白樺《しらかば》のような木の森だ。これが、ダンズの言っていた、馬車が入れない森だろう。

◇

一方その頃――

モーラとメイは迷宮に潜っていた。

「メイ子!」

「ショックウェイブ!」

ミノタウルスの腹に光輝く矢が刺さり、矢を中心に波紋《はもん》のように魔力が流れる。

ミノタウルスが吐血《とけつ》する。

『ブモオオオオオ!』

「止《とど》めだよ! 飛剣三段!」

背中に盾を背負ったモーラは体勢を低くして、ミノタウルスの足首を斬りつける。

次に太ももに大きく力を入れ、飛び上がりながら、下から上に剣を払い、ミノタウルスの手首を斬り落とす。

「はあああ!」

さらにミノタウルスの頭上まで上がったモーラは、両手で真っ黒なミスリルの剣を握り、その頭の中心に剣を振り下ろす。

ミノタウルスの頭は二つに割れ、煙になって消えた。

拳より大きい魔石と、そのまま槍の穂先《ほさき》にできそうな巨大な角が残る。

ここは迷宮五十階層。かつて桜花乱舞が来た最高到達階層だ。

そのときは見ただけで逃げ出したが、今では三人でやれている。

「帰りましょう、モーラ。そろそろ帰りの物資が限界です」

「……今だからわかるよ。ヨシトは本当にすごかった。あたしらだけじゃここまでが限界。先に進みたくても物資が切れちまう」

モーラは剣を持ったまま、警戒を怠《おこた》らずにメイに答える。

「ヨシト様……お怪我《けが》などはないでしょうか……」

「そりゃないですぜ、姉御たち！　あっしだって頑張《がんば》ってんでさあ！」

モーラたちはポーターを雇っていた。

それは仕方のないことだ。迷宮で修業と言っても、三十階層より上では話にならない。

だが、それより深く潜ろうと思うと、二人で運べる物資では不可能だ。

それでも、水はメイの魔法で調達できるだけましだが、やはりポーターは必要だ。

モーラとメイはポーターの男を見る。

「「……はあ……」」

もう桜花乱舞ではない。必要ならば男も入れると、男のポーターを入れてみたが、そいつを見るたびに、ヨシトを思い出してため息が出てしまう。これがヨシトだったら、と。

「メイ子、もう一人火魔法を使えるポーターを入れたらどうだい？」

「そうですね、これでは修業が進みません。歯応《はごた》えがある魔物が出る頃には、帰還《きかん》のカウントダウンが始まってしまいます」

「あっしはどこまでもついていきやすぜ⁉」

髭を生やしたむさ苦しい男――ケニーが言う。

メイはケニーを見て、なぜヨシトではないのかと、どうしても思ってしまう。

「ヨシト様……」

迷宮の天井を見上げ、まるでフェル王国の方向を見るように、ヨシトへの思いを募《つの》らせた。

◇

遥《はる》か東、獣人の国、バセール国家連邦への道――

そこを、アリサとメリッサは歩いていた。

なぜ徒歩で旅をするのか？　それは乗り合い馬車のセクハラに耐えられなくなったからだ。アリサは完全にロリ枠だし、メリッサも可愛《かわい》らしい感じの見た目だ。モーラみたいに迫力《はくりょく》があるわけではない。この二人で旅をしていれば、完全にカモに見えてしまう。

「メリッサ～、もう疲れたよ……」

「またあ？　ちょっといい加減にしてよ」

「私はメリッサみたいに肉体派じゃないのよ！　はい、おんぶ！」

「…………」

メリッサは仕方なくアリサをおんぶする。

（なんで私がこんなこと……もう、入れられるものなら、亜空間倉庫に入れちゃいたいわ……）

「何か言った、メリッサ？」

「言ってないわよ……」

キャラが微妙に被っている二人旅は続く。

夜営する頃になっても、二人はまだやりあっていた。

焚《た》き火を挟み、メリッサが亜空間倉庫から水などを出して夕食の準備をする。

「大体、メリッサがちょっとおっぱいを触られただけで、ぶん殴《なぐ》っちゃうからでしょ！」

「まだヨシトとも寝てないのよ⁉　当たり前じゃない！」

「だからって、乗り合い馬車の全員、ぶん殴《なぐ》らなくてもいいじゃない！」

「みんな夜になると狙ってくるんだから仕方ないじゃない！　……はは－ん、アリサは狙われなかったから……」

メリッサは犬耳をピクピクさせて、ニヤリと口角を上げる。

「はあ⁉　なわけないでしょ！」

「どうだか？」

メリッサは自分の胸を持ち、揺《ゆ》らしてアリサを挑発する。

モーラ、メイもだが、メリッサとアリサも、ヨシトと会えないことでかなりのストレスが溜《た》まっていて、いつもの余裕がなくなっている。

そして、向こうの二人は大人だが、こちらは子供だった。その違いが今、顕著《けんちょ》に現れている。

アリサとメリッサはウマが合いそうという、ヨシトの予想は大きく裏切られ、むしろ彼に会えないストレスをぶつけ合う方向になってしまっていた。

胸を揺《ゆ》らして煽《あお》ってくるメリッサを見て、アリサは手をグーに握り、全身をプルプルと震わせる。

　メリッサはにやけた顔をやめない。

「この、おたんこなす！」

「なっ！　こんの、臭尻尾《しっぽ》！」

「くさっ⁉　私の尻尾《しっぽ》は臭くない！」

「私、お兄ちゃんから聞いたもん！」

「はあああ⁉　ヨシトがそんなこと言うわけないでしょ！」

「兄妹にしか言わないこともあるのよ！」

「そんなのないわ！」

「あるもん！」

　二人のボルテージは上がっていく。

「なによ、貧乳のくせに！　そんなんじゃヨシトの興味を引けないわよ⁉」

「はあ⁉」

　アリサは怒りの表情を浮かべたが、一気に表情がなくなる。そして、目から光が消えた。

「……あんた、世の中には『それを言ったら命のやり取りしか残ってない』ものもあるのよ……」

「やれるもんならやってみなさいよ‼　私の尻尾《しっぽ》は臭くない！」
どうやら、メリッサは気にしていたようだ。
アリサはまるでゾンビのように両手をだらんとさせて、光をなくした瞳で詠唱しはじめた。
同時に、両手の甲が光輝く。
《地を這《は》う有象無象》
《天を我が物顔で駆ける龍》
《我は問う》
《生きるとは何か》
《我は与える》
《生きとし生けるものに等しきものを》
《見上げよ。それは滅びの雨なり》
アリサの詠唱内容を聞き、メリッサはもう引き下がれないことを悟る。
「っ！！！！！　こんの、バカ妹‼」
メリッサの額に光が宿る。アリサはカッと大の字に両手を天に掲《かか》げる。
「りゅうせいうううううぅぅぅぅぅぅぅ！！！！！」

「乾坤一擲、第一門！　赤扉《しゃくもん》、解放おおお‼」

——死の砂漠《さばく》。

のちに、直径一キロ範囲の荒野《こうや》を誰かがそう呼ぶようになり、定着した。
二人の乙女《おとめ》の口喧嘩《くちげんか》は、生物の存在を許さない土地を生み出したのだ。
この後、彼女らは、ヨシトにバレたときの恐怖に震えながら、お互いの身体を癒《いや》しつつ、二度と喧嘩《けんか》しないと誓い合うことになった。

あとがき

この度は、文庫版『鑑定や亜空間倉庫がチートと言われてるけど、それだけで異世界は生きていけるのか2』をお手に取っていただき、誠にありがとうございます。作者のはがきです。

第一巻では、主要な仲間との合流を果たし、自己紹介がてらのイベントを行いました。第二巻からは個々のキャラクターにスポットを当てて行きたいと思い、特にメリッサには、ここで一皮剥けてもらった形となります。本来ならば、もっと時間をかけて、メリッサの苦悩を描きたかったのですが、書籍化にあたりWeb版よりも展開を早くしております。

また、強大な敵、龍種が登場して、様々な謎を残していきました。シマの意味不明な立ち位置のヒントが現れましたね。この続きは次巻で明らかになるでしょう。

勇者とは何か？　何故龍種は敵対してきたのか？　紋章とは？　龍種のシマへの意味深な言葉の真意は？

ヨシト自身のレベルアップもこれからです。亜空間倉庫で戦う方法も覚えましたが、それだけでは通用しない場合もあることが浮き彫《ぼ》りになりました。このままではお荷物になってしまう。そう思う気持ちをメリッサと同様に持っているため、一人旅を決意したのでしょう。ヨシトは旅の行く末に何を得るのか？　その辺も次巻以降にご期待ください。

本編以外では、キャラクター一人一人の台詞《せりふ》に苦労しました。

ヨシトを利用しようと思って近づいたものの、いつのまにか乙女心が芽生《めば》えるメリッサ。しっかりとした芯《しん》がありつつも、生まれて初めて女としての自分を意識し始めたモーラ。聖職者として冷静に振る舞いながらも、信仰対象が現れてネジがはずれてしまったメイ。転生前に妹的な立ち位置の幼馴染として育ち、転生後は妹と女性の間を揺れ動くアリサ。

勢いにまかせて執筆すると、いつのまにか別のキャラクターの台詞が混じってしまったり、「アリサがこの場面でこんなことは言わないだろう」と思える台詞を言わせてしまったり。何度も書き直して作り上げました。

最後になりますが、今回も本作を手に取っていただいた読者の皆様に、心から感謝を申し上げます。本当に、ありがとうございました。

それではまた、次巻でもお会い出来れば幸いです。

二〇二一年三月　はがき

ネットで人気爆発作品が続々文庫化！

アルファライト文庫 大好評発売中!!

転移した異世界は魔獣だらけ!?
もう、モフるしかない。

もふもふと異世界でスローライフを目指します！ 1～3

1～3巻 好評発売中！

カナデ Kanade illustration YahaKo

エルフの爺さんに拾われて もふもふたちと森暮らしスタート!

日比野有仁は、ある日の会社帰り、異世界の森に転移してしまった。エルフのオースト爺に助けられた彼はアリトと名乗り、オースト爺の家にいるもふもふ魔獣たちとともに森暮らしを開始する。オースト爺によれば、アリトのように別世界からやってきた者は『落ち人』と呼ばれ、普通とは異なる性質を持っているというが……。従魔に癒される異世界ゆったりファンタジー、待望の文庫化!

文庫判　各定価：本体610円＋税

ネットで人気爆発作品が続々文庫化！

アルファライト文庫 大好評発売中!!

紅色の文殊が異能スキルを呼び覚ます！

心優しい少年×モフモフ黒魔獣

王都の闇から王女を守り抜け！

欠陥品の文殊使いは最強の希少職でした。1～2

登龍乃月 *Toryuunotsuki*　　illustration 我美蘭

異能スキルを覚醒させる文殊の力で王国を揺るがす陰謀に挑む！

名門貴族の次男として生まれたフィガロは、魔法を使えず実家から追放されてしまう。行くあてのないフィガロを引き取ったのは、領地の外れで暮らす老人。その正体は、かつて世界を救った伝説の大魔導師だった――。新しい暮らしの中で、秘められた力に目覚めていくフィガロに次なる試練が立ちはだかる！　Webで話題沸騰！　人生大逆転の魔法バトルファンタジー、待望の文庫化！

文庫判　各定価：本体610円+税

ネットで人気爆発作品が続々文庫化！

アルファライト文庫 大好評発売中!!

異世界で怠惰な田舎ライフ。1～6

稀代のものぐさ主人公、成長チートで異世界を救わない!?
断言しよう——俺は怠惰だ！

1～6巻 好評発売中！

太陽クレハ *Taiyo kureha*　illustration やとみ

**釣りして、食べて、昼寝して、
目指せ！　ぐだぐだスローライフ！**

怠惰なことくらいしか特徴のない高校生・岡崎椿は、貴族の三男ユーリ・ガートリンとして異世界に転生することに。神様から寝ているだけで成長するチートスキル【超絶】をもらったものの、ユーリは何をするでもなく、のんびり田舎生活を楽しんでいた。しかし、ユーリの能力は徐々に周囲の人達の目にとまり——!?　ぐうたら貴族の異世界のんびりファンタジー、待望の文庫化！

文庫判　各定価：本体610円＋税

アルファライト文庫

この作品に対する皆様のご意見・ご感想をお待ちしております。

おハガキ・お手紙は以下の宛先にお送りください。

【宛先】

〒150-6008 東京都渋谷区恵比寿 4-20-3 恵比寿ｶﾞｰﾃﾞﾝﾌﾟﾚｲｽﾀﾜｰ 8F
（株）アルファポリス　書籍感想係

メールフォームでのご意見・ご感想は右のＱＲコードから、
あるいは以下のワードで検索をかけてください。

アルファポリス　書籍の感想　検索

ご感想はこちらから

本書は、2019 年 11 月当社より単行本として
刊行されたものを文庫化したものです。

鑑定《かんてい》や亜空間倉庫《あくうかんそうこ》がチートと言《い》われてるけど、それだけで異世界《いせかい》は生《い》きていけるのか 2

はがき

2021年 3月 31日初版発行

文庫編集－中野大樹／宮田可南子
編集長－太田鉄平
発行者－梶本雄介
発行所－株式会社アルファポリス
〒150-6008東京都渋谷区恵比寿4-20-3恵比寿ガーデンプレイスタワー8F
TEL 03-6277-1601（営業） 03-6277-1602（編集）
URL https://www.alphapolis.co.jp/
発売元－株式会社星雲社（共同出版社・流通責任出版社）
〒112-0005東京都文京区水道1-3-30
TEL 03-3868-3275
装丁・本文イラスト－TYONE
文庫デザイン—AFTERGLOW
（レーベルフォーマットデザイン－ansyyqdesign）
印刷－中央精版印刷株式会社

価格はカバーに表示されてあります。

落丁乱丁の場合はアルファポリスまでご連絡ください。

送料は小社負担でお取り替えします。


ISBN978-4-434-28638-4 C0193

ALPHAPOLIS
WEB CITY
SINCE 2000